身売りした薄幸令嬢は氷血公爵に溺愛される

プロローグ

私は冷や汗をかきながら、寝台の上で私にのしかかっている男の美貌を見上げた。

その左目を覆う眼帯すらも、男の色気を強調する小道具になっているかのようだ。

紅玉の右目が冷たい光を湛えて私を見下ろしている。

「流石は『妖精姫』だな。恐怖に慄《おのの》く様すら美しい」

（心にもないことを！）

私の両手首は男の片手によりあっさり拘束され、両脚も体重をかけてのしかかられているので動かせない。

男の空いている手が、私のドレスの胸元にかかった。

この男がその気になれば、このドレスなど一瞬でボロ布と化すだろう。

怖くて怖くて涙が滲んで視界が歪んだ。

体が震えて奥歯がガチガチ音をたてそうになるのを、歯をくいしばって防いだ。

「閣下……お戯れはおよしください」

「戯れなどではない。其方《そなた》に俺が買い取るだけの価値があるかどうか、確かめているだけだ」

美しい顔に嗜虐《しぎゃく》的な笑みを浮かべる男だが、そこには欲情の色は欠片《かけら》もない。

(この人は、私を試しているのだ)

私は恐怖に体が震えそうになるのを堪えながら、赤い瞳を睨みつけた。

◇

「……ここでなにをしている」

その声には、怒りと侮蔑と諦め。

左目を眼帯で隠したその顔には、面倒くさいとはっきり書いてある。

「公爵閣下をお待ち申し上げておりました」

今夜は王城で大規模な夜会が開かれており、今私たちがいるのは公爵家専用の控室だ。

ただの控室だというのに、私の実家の応接室よりも広く、豪華な調度品で品よく飾られている。

「女などいらん。出ていけ」

奥の続き部屋には、公爵閣下が一晩泊まることができる寝室がある。

溜息をつき、顎をしゃくって寝室ではなく廊下へと続く方の扉を示した公爵閣下だったが、私はそれに大人しく従うわけにはいかない。

「お待ちください。私は、公爵閣下の褥《しとね》に侍《はべ》りに来たわけではございません」

こうやって追い払われることくらい予想していた。

歓迎なんてされるわけがないことをわかっていて、私は敢えてここに来たのだ。

鋭利な刃物のような眼光で射貫かれたくらいで、怯んでなどいられない。

ここが正念場。運命の分かれ道。

負けるわけにはいかない！

私は緊張に震える両手を握りしめ、完璧な淑女の笑みをうかべた。


私が今、対峙しているのは、テオドール・エデルマン公爵。御年二十九歳。

タータル王国の筆頭公爵家当主にして、国内屈指の魔法剣士だ。

短く整えられた鳶《とび》色の髪、切れ長の右目は紅玉のような深い紅。

左目を覆っていても隠しきれないその美貌と均整のとれた逞しい長身は、多くの貴婦人たちの視線を集めてやまない。

そんな彼にはいくつかの二つ名がある。

『氷炎《ひょうえん》公爵』というのは、氷と炎の魔法を得意としているところからついた。

それはいいのだが、次からが問題だ。

『氷血公爵』という、一つ目の二つ名をもじったこれは、あまりに冷酷で血が氷のように冷たい、という意味だ。

そして、もう一つ、『女嫌い公爵』というのは文字通り、女性が嫌いで一切傍に寄せつけないところからそう呼ばれるようになった。

他にもあるのかもしれないが、私が知っている有名なのは以上の三つだ。

公爵という身分と優れた容貌で、社交界デビュー前から多くの注目を集めていた彼に、多くの女性たちが果敢に挑み、そして悉《ことごと》く玉砕した。

妖艶な美女にも可憐な乙女にも、異国の踊り子にも凛々しい女性騎士にも、どんなタイプの女性も一顧《いっこ》だにしない。

そんな噂、というか事実が広まり、今では公爵にどうこうしようとする女性すらいなくなった。

それはそうだ。女性たちだって、負け戦などしたくないのだ。

特に、結婚相手を探している令嬢たちは、いくら公爵本人と公爵夫人の座が魅力的でも、短い女盛りの時間を無駄にしたくないと思うのは無理もないことだ。

というわけで、最近では一夜限りの火遊びへと誘われることすらなくなったのだそうだ。

そんなことを教えてくれたのは、公爵閣下に仕える侍従なので、確かな情報だ。

「では、なにをしに来た」

凍えそうなほど冷たい声。

室内の気温が下がった気がするのは、気のせいだろうか。

もしかしたら、魔法を使って威圧しているのかもしれない。

「閣下に取引をしていただきたいのです」

それでも、怯んで俯くという選択肢は私にはない。

気力を振り絞って閣下の紅い右目を見つめた。

「それは、其方《そなた》の父との取引ということか」

「いいえ、父は関係ございません。私個人との取引でございます」

私は、ここで優雅にカーテシーをした。

「テオドール・エデルマン公爵閣下。申し遅れました。私は、レティシア・マークスと申します。マークス子爵家の長女で、今年十八歳になりました。おめもじ叶いましたこと、嬉しく存じます」

「知っている。其方《そなた》は有名だからな」

閣下は、ここで皮肉げに口の端を歪めた。

「『妖精姫』と呼ばれているそうだな」

誰が最初に言い出したのか知らないが、それが私の二つ名だ。

断じて私がそう名乗ったわけではない。

十六歳で社交界デビューしてから、いつの間にやらそのように呼ばれるようになってしまったのだ。

もちろん、それにも理由がある。

緩いウェーブを描く豊かな髪は艶やかなハニーブロンド。

ぱっちりとした碧《みどり》の瞳、白磁のような滑らかな肌、サクランボのような唇。

小柄で華奢ながら、出るところはしっかり出ている体つき。

なにを隠そう、私は社交界随一の美少女なのだ。

自分で言うのもアレだというのはよくわかっているが、私は自分が美しいことを自覚し、それを最大限に利用しようとしている。

　この容姿は、私が持つ唯一の武器だ。

「閣下のお耳にまで届いているとは、光栄ですわ」

　声が震えそうなのを堪えて、刃物を突きつけるような気分でにっこりと笑って見せた。

「それで？　妖精姫が、俺とどんな取引をしたいというのだ」

　よかった。少なくとも、話を聞いてくれる気はあるようだ。

「単刀直入に申し上げます」

　私はエメラルドのようだと謳われる瞳に力を込めた。

「閣下に、私を買っていただきたいのです」

第一章

公爵閣下は、形のよい眉を顰めた。

「買う、とは？」

「そのままの意味ですわ。私の父に対価を支払い、私の身柄を引き取っていただきたいのです」

閣下の眉間の皺が深くなった。

「俺が女嫌いなのを知らないのか？」

「もちろん存じておりますわ。その上でお願い申し上げているのです。ご納得いただくために、まず、今の私の状況を説明させてくださいませ」

ここで『そんなのどうでもいいから出ていけ』と言われたら終わりだ。

それを防ぐため、私は閣下の返答を待たずに話し始めた。

「私の母は、私が小さいころに亡くなりました。今のマークス子爵夫人は後妻ですの。母の喪も明けぬうちにやってきて、それ以来ずっと私は目の敵にされております。私がまだ生かされているのは、この顔のおかげで高値で売れるからですわ」

貴族にとって、婚姻とは家のために結ぶものだ。

自由に恋愛をして相手を選ぶことなど普通はできない。

そこまではよくあることだとしても、私の場合はここから先が酷い。

「まだ公表されてはいないのですけど、私はもうすぐ結婚することになっております。お相手は、ドアニス男爵です」

「……ドアニス男爵だと？」

「去年、七番目だか八番目だかの奥様が亡くなられて、後添《のちぞ》いを探していらっしゃったのだそうです」

ドアニス男爵は現在五十三歳、ブタとヒキガエルを足しっぱなしにしたような外見ながら、大きな商会を営んでいるので、下手な高位貴族などよりよほど裕福なのだ。

そして、特殊な趣味の好色漢としても知られている。

「男爵は、私が嫁いでくるのをとても楽しみにしていらっしゃいます。私のために、お衣装とかお道具とかお薬とか、たくさん準備してくださっているのだそうですわ」

どんな衣装で、どんな道具で、どんな薬なのか。

想像したらしい閣下は、眉を寄せたまま嫌悪感を表情に滲ませた。

「ドアニス男爵との婚姻から逃れるために、俺に買われたいのか」

「えぇ、その通りですわ」

「なるほどな。理解はできた。だが、だからといって、なぜ俺が其方《そなた》を買わねばならないのだ」

「その点についても、これからきちんとご説明いたしますわ」

そう言われることも、もちろん想定内。

プレゼンの準備はバッチリだ。

「閣下が私を買ってくださることで得られるメリットは、主に六つございます」

私はぴしっと指を立てて見せた。

六つもあるのよ？　すごくない？

「まず、私を傍に置くことで、現在流れている閣下にとっては不本意であろう噂を払拭することができます」

あまりにも女性を寄せつけないので、閣下は実は男色なのではないかという噂を耳にした。

そんな噂のせいで、本当にその気がある男性が、閣下に粉をかけに来るということがあったとも聞いている。

私が傍にいたら、その噂が嘘だという証明になり、閣下にそういう目的で近づく男性はいなくなるだろう。

「二つ目に、閣下の周りの方々を安心させることができます。私が今夜この場所に来ることができたのは、前回の夜会で閣下の侍従の方に、『一夜だけでも閣下のお情けがほしい』と直談判したからです。そんな女性はもうずっと現れなかったと、とても喜ばれました。『妖精姫の名に懸けて、必ず閣下を寝台に引きずり込む』と意気込みを述べたところ、涙ながらに応援してくださいましたわ」

公爵閣下の控室に私が入れたのは、そういう下準備があった上でのことだ。

ボディチェックで刃物も毒物も隠し持っていないことをきちんと確認され、閣下に仕える侍従に扉を開けてもらって正々堂々とこの控室に足を踏み入れたのだ。

その際、アイコンタクトだけで『頑張ってください！』『全力を尽くしますわ！』というやりとりまでした。

あの侍従は、もう完全に私の味方だ。

「……あいつ……あとで締めてやる」

閣下は舌打ちをしそうな苦い顔で扉を睨んだ。

「あの方、とても閣下のことを心配してらっしゃいますわね。他にもそのような方が大勢いらっしゃるのではありませんか？　私を傍に置けば、それが一気に解消できますわ」

私の言葉に図星を指されたらしく、閣下はまた別の苦い顔になった。

「三つ目。私を買ってほしいとお願いいたしましたが、正妻になろうなどとは思っておりません。愛人で十分でございます。正式な婚姻ではございませんので、面倒な手続きもありませんし、結婚式も不要です。私の身柄を引き取ってくだされば、それで終了ですわ」

「……それでいいのか？」

普通、結婚式というのは女の子の晴れ舞台であり憧れだ。

私だってそういう気持ちはなくはないが、そんなことより大切なものがあるのだ。

「ええ。私の家はしがない子爵家。元より閣下の正妻には不釣り合いな身分ですもの。高望みはいたしませんわ。それに、閣下が婚姻なさるとなれば、準備期間が少なくとも一年は必要でございましょう？　私、そんなに待てません。できることなら、明日にでも引き取っていただきたいくらいなのですから」

「そこまで急ぐ理由がなにかあるのか」

「現マークス子爵夫人の連れ子が私の義兄になっているのですが、あの方は私を妙な目で見るのです。ドアニス男爵との結婚が決まってからも、それは変わらなくて……あの家は私にとって危険だらけなのです」

ゲオルグという名の義兄は、私の一歳上で現在十九歳。

それなりに整った容姿で女性の扱いが上手く、多方面で遊んでいるらしい。

外の遊びだけで満足すればいいものを、私にまでちょっかいを出そうとするのだ。

あの粘つくような視線を思い出すだけで寒気がする。

「四つ目。私は安上がりな愛人になります。高価な宝石などを強請《ねだ》って閣下を煩わせたりはいたしません。もし私を社交の場に同伴なさる場合は、それなりのドレスなどを揃えていただく必要はございますけれど、それ以外ではメイドのお仕着せでも与えて、メイドと同じように扱ってくださって構いませんわ。私は掃除も洗濯も一通りのことはできますので、メイドの仕事も問題なくこなせるはずです」

私は手袋を外して、閣下の前に手をかざして見せた。

私の手は貴族の令嬢の白魚のような手とはほど遠い。

小さな切り傷の痕がいくつもあり、爪も割れたまま手入れされておらず、指にはあかぎれがある。

これを見れば、私が家で冷遇されていることと、そのために家事ができることをわかってくれるだろう。

『妖精姫』などと呼ばれながら、私は見えるところだけをきれいに取り繕ったハリボテ令嬢なのだ。

「五つ目。私を引き取ってくださった後、閣下に言い寄ってくる女性がいた場合は、私が全力で追い払います。女性関係においての閣下の安寧は、私が体を張って守りますわ！」

私が傍にいることにより、閣下の女嫌いが解消されたと見て寄ってくる女性もいることだろう。

だが、それは私が許さない。

『妖精姫』とまで呼ばれるこの美貌を最大限に利用し、ちぎっては投げちぎっては投げする所存だ。

「六つ目。実際に結婚するわけではありませんが、所謂《いわゆる》白い結婚で構いません。私から閣下に触れることはございませんし、私に触れていただく必要もございません。閨で待ち伏せするのも、今夜が最初で最後といたします。あくまでも、見せかけの愛人で構いませんわ」

ずっとしかめっ面だった閣下の右目が、どこか剣呑な光を帯びた。

「……ほぅ。白い結婚を望むと？」

「閣下にとっても、その方がいいのではありませんか？　私が見たところ、閣下は本当に女性が苦手でいらっしゃるのだと思います」

「なぜそう思う？」

「これまでも、夜会などで何度か閣下をお見かけしたことがございます。どの時も、閣下は慎重に女性を避けていらっしゃるようでした。数人でかたまっておしゃべりに興じている女性たちにも、女性の給仕にさえも、一定の距離を空けていらっしゃって……そうではございませんか？」

「……その通りだ。よくわかったな」

「わかりますわ。私も男性が苦手ですので。できることなら、私も閣下のように男性を避けたいのです。立場上、そうも言っていられないのですけれど」

ドアニス男爵との婚約はまだ公表されていないこともあり、私は夜会に参加すると多くの男に囲まれ、ひっきりなしにダンスに誘われることになる。

父であるマークス子爵は、私を利用して社交界で顔を売って甘い汁をすするのに必死だ。

私は嫌で嫌でしかたがないのだが、そんな本心を淑女の笑みの下に隠して可憐な妖精姫を演じているのだ。

「男が苦手？　とてもそうは見えないが」

「そう見えないように頑張っているのです。少しでも嫌な顔をすると、翌日の食事を抜かれてしまいますから。このドレスだって、私の趣味ではございませんわ」

今夜の私のドレスは、可愛らしい薄紅色ながら胸元が大きく開いたデザインになっている。

未婚の令嬢が着るには煽情的すぎる形なのだが、それも全て多くの男性を惹きつけるための装置なのだ。

ダンスをする際、相手の男性は必ず私の胸の谷間を覗き込んでくるので、私は頭の中で相手をボコボコに殴って不快感に耐える術を身につけた。

「そうか……其方《そなた》の言い分はわかった」

数秒瞑目した後、閣下は相変わらず剣呑な瞳のまま口を開いた。

「では、私を買ってくださいますか？」

返ってきたのは、その質問の答えではなかった。

おもむろに私に歩み寄ってきた閣下は、私を荷物のように抱え上げて奥の寝室に運び込んだのだ。

（え⁉　嘘でしょ⁉　白い結婚でいいって言ってるのに！）

予想外の流れに混乱している間に、広くてふかふかの寝台の上にぽいっと放り投げられた。


そして、冒頭のシーンに戻る。

レースで飾られた薄紅色の生地が、大きな手で破れる寸前くらいまで引っ張られて、胸が零れ出そうになる。

「俺は確かに女が嫌いだが、不能なわけではない。もし俺がこのようなことをしたら、其方《そなた》はどうする」

「……どうするもこうするも、黙って受け入れるだけですわ」

だって、他にどうしようもないじゃない！

「其方《そなた》は男が嫌いなのだろう？　俺の愛人になったら、毎晩このような目にあわされるかもしれないぞ？　それでもいいのか？」

私は全力で閣下の紅い右目を睨みつけた。

「そうなさりたいのなら、どうぞご自由に。私を買っていただいた後、どう扱うかは閣下次第ですもの」

こういう可能性だって考えなかったわけではない。

だが、それならそれで、もう一つ譲れないことがある。

「ですけれど、そうなさるのならせめて、私との間にできた子を虐げることはしないと約束してくださいませ。認知してくださらなくても結構です。最低限の衣食住を与えてくだされば、私が責任をもって育てます。閣下のお手を煩わせることはいたしません」

形のいい眉がまた顰められた。

「……俺が我が子を無体に扱うような男だと思っているのか」

「わかりませんわ。閣下とお話をするのは、今日が初めてですもの……私にとって、一番身近な男性は父です。どうしても男性は全て父のようにふるまうものだと思ってしまうのです」

私を見下ろす瞳が眇められた。

「其方《そなた》は、俺が怖くないのか」

「怖いですわ。閣下がというより、男性全てが。今だって、泣き叫びたいのを必死で堪えているのです」

泣き叫んでいたら交渉が進まないし、泣く女は面倒くさいと控室から放り出されてしまうかもしれない。

そうなったら、私の今までの努力が水の泡になってしまう。

それだけは避けなければならないという一心で、男を睨み返しているのだ。

気分は大型肉食獣の牙に引き裂かれる寸前の子兎だ。

閣下は私の言葉のどこかで気分を害したらしく、私の両手首を握る手に力が加わった。

骨が軋みそうなほどの力に私は痛みで顔を歪め、閣下はそんな私にまた嗜虐《しぎゃく》的な笑みを見せた。

「俺が冷酷な『氷血公爵』と呼ばれていることは知っているだろう」

「もちろん、存じておりますわ」

「俺の愛人になどなったら、凌辱された挙句に縊《くび》り殺されるかもしれないとは思わないのか」

「もしそうなったとしても、ドアニス男爵と結婚するよりはマシです」

「ほぅ？　だが、男爵のところに嫁いだら、少なくとも殺されはしないだろう？」

「ご冗談を。男爵の奥様たちは、全員嫁いで一年以内に病死や事故死をなさっておいでですのよ。その意味がおわかりでしょう？」

紅い瞳が瞬いた。

ドアニス男爵のことは閣下も知っていたようだが、その奥様たちのことまでは知らなかったようだ。

「どうせ凌辱されて殺されるのなら、ブタヒキガエルよりも見目麗しい殿方に手を下していただきたいと思うのが乙女心というものですわ。それに、私は自分の意志で閣下を選び取引をもちかけたのです。私自身の見る目のなさで死ぬ方が、父に無理やり押しつけられた相手に殺されるよりも諦めがつくというものです。そうは思われませんか？」

数秒、閣下は私の言った意味をじっくりと吟味したようだった。

そして、ゆっくりとその薄く怜悧な印象の唇が弧を描いた。

「くっ……く、くくっ……ブタヒキガエル……ふははは……乙女心、だと……？」

どうやら、私を寝台に組み敷いたまま笑っているようだ。

「あーはっはっは！　面白い！　其方《そなた》のような女は、初めてだ！」

呆気にとられる私の拘束を解き、閣下は腹を抱えて笑い出した。

私にはなにが面白いのだかよくわからないが、とにかく手首の痛みから解放されたのはありがたい。

「まさか妖精姫が、このように強かな女だったとは！　変態オヤジのおもちゃになって死なせるには惜しい！　それくらいなら、俺がもらった方がマシというものだ」

私はがばっと上体を起こした。

「閣下!?　ということは、取引成立ということでよろしいのですか!?」

「その通りだ！　其方《そなた》は俺が買い取ろうではないか！」

私が淑女の仮面を放り投げて渾身のガッツポーズを決めている間に、閣下は寝台の脇の台に置かれていたベルをチリンチリンと鳴らした。

それを待ち構えていたらしく、すぐに私を控室に入れてくれた侍従が顔を出した。

「カルロス！　この女を愛人として囲うことにしたぞ！」

「だ、旦那様ぁ！」

カルロスというらしい侍従の顔が喜びに輝いた。

「詳しい話は後だ。今は、成すべきことがある」

閣下は私をひょいっと抱き上げて立たせ、ドレスと髪を検分した。

「うん、そう乱れてはいないな。夜会に戻るぞ」

「夜会に？　なにをなさるのですか？」

「ダンスに決まっているだろう。其方《そなた》が俺のものになったということを対外的に示すには、今夜の夜会は最適だ。二曲連続で踊るぞ。できるな？」

二曲以上連続で踊るのは、夫婦か婚約者同士だけというのが暗黙の了解になっている。

私たちが今夜そんなことをしたら、話題を一気に席巻することになるだろう。

流石は筆頭公爵家の当主。社交界のことをよくわかっている。

「もちろんできますわ！」

「では、身形《みなり》を整えろ。すぐに行くぞ」

私は喜びに頬を緩めながら、いそいそと鏡の前で髪とドレスを整えた。

幸い、髪型もそれほど崩れていない。

強引に引っ張られたドレスの胸元も無事だ。

髪飾りの位置などを手早く直し、閣下に向き合った。

「其方《そなた》はこの瞬間から、俺の愛人だ。其方《そなた》の身は髪の一本まで俺のものだ。誰にも触れさせることは許さない。いいな」

「はい、閣下。よろしくお願いいたします。私をお買い上げいただいたこと、決して後悔はさせませんわ」

私は差し出された手をとり、飛び上がって喜びたいのを堪えながら淑女の笑みをうかべて見せた。

公爵閣下は夜会に顔を出すには出すが、最低限の挨拶だけしてすぐに控室に引き籠るというのが社交界の常識だった。

それなのに、今夜は一度姿を消した閣下が再び会場に戻ってきた。

それだけでも異例だというのに、更に女性をエスコートしているではないか。

更に更に、その女性というのが今話題の『妖精姫』だというのだから、会場の視線が一気に集まったのも無理はない。

堂々と歩く閣下の横で、私も柔らかい笑みをうかべたまましっかりと前を向いて歩いた。

私はもう公爵閣下の愛人なのだ。

どれだけの視線に晒されようと、俯くわけにはいかない。

ダンスホールの中央あたりにさしかかったところで、ちょうど奏でられていたワルツが終わり、次の曲へ移り変わった。

「踊っていただけますか。俺の妖精姫」

「はい、喜んで」

やや芝居がかった仕草で恭しく差し出された手に、私は手を重ねた。

ゆったりとしたワルツに合わせた閣下のリードに従ってステップを踏んだ。

逞しい腕に腰を支えられ、くるりくるりと回るたびに周囲の人たちの様々な顔が見える。

ほとんどは驚愕の表情だが、中には悔しげに顔を歪めているものもいる。

下心満載で私を取り囲んでいた男たちもそのいい例で、私はそれが見られただけでも胸がすく思いだった。

「楽しそうだな」

「えぇ、とっても楽しいですわ。閣下はダンスもお上手ですのね」

「そうか？　ダンスをするのは、随分と久しぶりなのだが」

「閣下のリードはとても踊りやすいですわ。安心して身を任せられます」

閣下は私の腰を持って体を高く持ち上げ、くるりと回った。

私の髪とスカートの裾がふわりと広がり、それからすとんと降ろされまたステップへと戻った。

その流れるようなスムーズな動きで、私たち二人が親密な仲であることを周囲に示した。

実際は全て閣下の優れた身体能力によるもので、私はただ振り回されているだけなのだが、それでも優雅に息の合ったダンスのように見せるあたりは、やはり王族の血を引く公爵閣下ならではなのかもしれない。

会場の全ての視線を攫いながら二曲続けて踊り、最後に互いにお辞儀をしたところで拍手が上がった。

普段は氷のような無表情を僅かに緩める美貌の公爵閣下と、可憐な妖精姫のダンスはさぞ見ごたえがあったことだろう。

私たちを見ながらヒソヒソと囁き合う貴族たちの間をぬって、閣下と私はマークス子爵夫妻、つまり私の両親の元に向かった。

　呆然としたまま私たちを見ていた両親は、私たちが近づいてくるのに気がついて慌てて礼をとった。

「マークス子爵ならびに夫人。面を上げよ」

「は……」

　青ざめた父の顔は冷や汗で濡れていた。

　対照的に、継母の顔は憤怒で赤黒く染まっている。

　そんな両親の前で閣下は私の腰を抱き寄せ、私もそれに抵抗せず閣下の長身に身を寄せた。

「レティシアは、我がエデルマン公爵家で預かることとなった」

　平淡ながら有無を言わせぬ威圧感を纏って告げる閣下に、父の顔色は更に悪くなった。

「あ、預かるとは、それはどういう」

「そのままの意味だ。ふむ、どうやらレティシアは母親似のようだな」

「はい、閣下。私の母もブロンドでしたの」

　閣下の指が私の髪をするりと撫でると、継母は視線だけで私を殺しそうなくらい凶悪な顔になった。

「今夜は俺がレティシアを送る。近日中にレティシアに迎えをやるので、そのつもりでいるように。詳細は追って知らせる」

「は……はい……」

しがない子爵家当主でしかない父が、筆頭公爵家当主に異を唱えることなどできない。

父は渋々ながらも頭を下げ、継母もそれに続いた。

ありがたいことに、その場から立ち去る間際、父とすれ違いざまに閣下は、

「妙なまねをするなよ。わかっているな」

そう囁いてしっかりと釘まで刺してくれた。

なんというか、至れり尽くせりである。

正直、ここまでしてもらえるとは思っていなかった。

閣下は噂通りの冷酷な方ではないと確信するには十分だった。

私は社交界デビューして初めて心からの微笑みをうかべながら、夜会の会場を後にした。

「其方《そなた》はできるだけ早く家を出たいと言っていたが、準備期間はどれくらい必要だ？」

豪華なエデルマン公爵家の馬車の、ふかふかな座席に向かい合わせで座ったところで閣下が尋ねてきた。

「私の荷物はほとんどございません。荷造りなど一瞬で終わります。なんだったら明日にでも移動できますわ」

「ふむ……では、明後日でどうだろうか。明日の朝には子爵に手紙を送るとしよう。明日中に其方《そなた》を迎える準備を整え、明後日の朝に迎えの馬車をやるということでいいか」

「はい。ご配慮くださりありがとうございます」

ここで私は忘れてはならない大切なお願いをした。

「あの、メイドと護衛を一人ずつ連れて行くことをお許しくださいませんでしょうか」

「メイドだけでなく、護衛もいるのか」

「はい。二人とも生まれた時から一緒にいる、私にとっては家族同然の存在なのです。私がいなくなったら、二人ともあの家を追い出されてしまうでしょうから……」

悲しげに目を伏せると、閣下は鷹揚に頷いてくれた。

「よかろう。許す」

「ありがとうございます！　こんなにもお優しい閣下が氷血公爵だなんて、噂とは本当にアテにならないものですわね」

「大袈裟だな。第一、その判断は早計だろう。まだ俺の邸に来てもいないのだから」

両手を胸の前で組み合わせ感動に打ち震えながら礼を言う私に、閣下は苦笑を返した。

マークス子爵邸に到着すると、公爵家の家紋が大きく描かれた立派な馬車がやってきたことに驚いた使用人たちが慌てて外に出てきた。

使用人たちに私を引き渡すまで、とエスコートしてくれた閣下の腕を私はそっと引っ張った。

「そちらではありません。こちらです」

そう言って並んでいる顔色の悪い使用人たちの前を素通りし、庭の端にある小さな離れまで連れてきた。

「……こんなところに住んでいるのか」

月明かりの下でもあちこち傷んでいることが見て取れる小さな離れの前で、閣下は顔を顰めた。

「ええ。私は許可がなくては本邸への立ち入りを禁じられておりますの」

「真っ暗ではないか。メイドと護衛がいるのではないのか？」

「ちゃんと中におりますから、大丈夫ですわ」

私は閣下の腕から手を離して、向き直った。

「こんなところまで送っていただいてありがとうございます。私、男性にここまで優しくしていただいたのは、生まれて初めてですわ。本当にとても嬉しかったです」

「……明後日の朝、迎えにはカルロスをやる。必要なものはこちらで一通り揃えておくから、身一つで来て構わない」

「はい、閣下。寛大なお心遣い、心から感謝いたします」

この様子だと、閣下は帰る前に使用人たちにも大きな釘を刺してくれることだろう。

本当にありがたいことだ。

去ってゆく閣下をしばらく見送ってから、私は離れの中に入った。

戸口の近くにある魔法カンテラを手に取り、側面にある魔石に触れて光を灯した。

「ただいま。帰ってきたわよ」

声をかけると、奥の部屋からメイドと護衛が走り寄ってきた。

私はふたりを抱きしめて、緊張から解放された安堵感から床に座り込んだ。

「上手くいったわ！　全部計画通りよ！　公爵閣下ってば、すっごくいい人なの！　私たち、すごくすごくラッキーだわ！」

氷血公爵がここまで優しくしてくれるなんて、嬉しい誤算だ。

ああ、私は賭けに勝ったのだ。

「私たち、助かるのよ。ここを出られるわ！」

私は嬉しくて流れる涙を止めることができなかった。

◇

その翌朝。

予想通り、私は本邸へ呼び出された。

通された父の執務室では、なんだか顔が土気色の父と赤黒い継母が待っていた。

「レティシア！　いったい、どういうことだ！」

「なんのことですか？」

「とぼけるな！　なぜおまえが、よりによって氷血公爵なんぞに見初められるのだ！」

おかしなことを言うものだ。

娘である私の美貌をひけらかし、利用しまくっていた本人がどの口で言っているのか。

「私は『妖精姫』ですのよ？　誰に見初められてもおかしくはないではありませんか。それが公爵閣下であったとしても、なにも不思議ではありませんわ」

「だが！　おまえは、ドアニス男爵と婚約しているのだぞ！」

「まだ公表もされていない婚約など、いくらでも反故《ほご》にできますわ」

「なんです、その口のききかたは！　おまえのためを思って、旦那様がまとめてくださった縁談をなんだと思っているの！」

耳障りな金切り声をあげる継母。

「そうおっしゃるのなら、是非ロザリーを男爵に嫁がせてあげてくださいませ。きっとたくさん可愛がっていただけますわ」

ロザリーというのは、私の二歳下の異母妹だ。

計算からして、私の実母がまだ生きていたころに父と継母との間にできた娘ということになる。

継母は恐ろしい顔で手にした扇子を振り上げ、私を打ち据えようとした。

「やめろ！」

「ですが、旦那様！」

「レティシアは明日にはもう氷血公爵のものになるのだ！　今傷をつけたら、どうなるかぐらいわかるだろう！」

私を睨みつける継母に、私ははっきりと嘲笑して鼻で笑って見せた。

私は今までずっと両親の言いなりで、大人しく従順な娘を演じてきた。

相手がドアニス男爵みたいなのだろうと、家のために文句を言わず結婚する、という態度を崩さなかった。

それも全て、私自身を私が選んだ最良の相手に売りつけるためだったのだ。

それが成功した以上、もう家族に対して体面を取り繕ろう意味もない。

私が初めて見せた表情に、父も継母も私のこれまでの意図をやっと理解できたようだ。

「今まで大人しくしていたと思えば……それがおまえの本性か！　なんて恐ろしい！　おまえは、見た目が美しいだけの獣だわ！」

「お褒めにあずかり光栄ですわ」

にっこりきれいに淑女の笑みを見せてあげると、両親とも顔を赤くして喜んでくれたようだ。

そこにゲオルグとロザリー兄妹がやってきた。

「失礼いたします、義父上」

「お父様！　お姉様が氷血公爵のところに行くというのは本当ですの!?」

一応入室の挨拶くらいはできる義兄と、扉を開けた瞬間からぴぃぴぃとうるさいロザリー。

目にするのも煩わしくて、私は目を逸らした。

「……本当だ。今朝、公爵から正式な書状が届いた」

父の手元には、開封されたばかりらしい手紙がある。

閣下は約束通りに手紙を父宛に送ってくれたのだ。

「それで、どのような理由でレティシアが公爵閣下のところへ行くのですか？」

「……行儀見習いのメイドとして雇ってくださるのだそうだ」

マークス子爵家くらいの家格の令嬢が、高位貴族の邸で行儀見習いと花嫁修業を兼ねて働くのは一般的なことだ。

だが、私はもうすぐ結婚することが決まっていた。

それなのに今から働きに出るというのは、どう考えても普通ではない。

そして、昨夜の夜会で閣下と私は二曲続けて踊り、閣下は堂々と私を抱き寄せて親密ぶりを公衆の面前でしっかりアピールした。

あれを見れば、私がただメイドとして雇われるわけではないというのは誰が見ても明らかだ。

「でも！　お姉様は、ドアニス男爵と婚約していらっしゃるのでしょう？　そちらはどうなさるのです？」

「……どうしようもない。なんにせよ、明日には公爵家からの迎えが来ることになっている。ロザリー、おまえのドレスを半分くらいレティシアに渡しなさい」

「え？　なんでですの？」

「公爵家に差し出す娘に、夜会用のドレス以外には継ぎはぎだらけの服しか持たせないのでは示しがつかないであろう」

ああ、そんなことを気にするんだ。

私は父の小心ぶりに改めて白けた気分になった。

「嫌よ！　なんで私がそんなことをしなくてはならないの！」

当然ながら強欲なロザリーはうるさく反発する。

「お父様。今更そんな表面を取り繕ったところで無駄ですわよ。私がこの邸でどのように扱われているかくらい、少し調べればわかることですもの。今ごろ公爵閣下は全てご存じですわ。だからロザリー、安心して？　あなたのお下がりなんていらないわ。公爵閣下は、私に身一つで公爵邸に来るようにと仰ったの。私は、あなたのよりもずっと上質なドレスをたくさん誂《あつら》えてもらうのよ」

ロザリーが継母そっくりな目で私を睨んだ。

継母が私を目の敵にするから、ロザリーもそれに倣って私を見下し嫌っているのだ。

「それから、私の夜会用のドレスも、全部あなたにあげるわ。あんなもの、公爵邸に持って行くわけにはいかないもの。あまりの趣味の悪さに、公爵閣下もあきれていらっしゃったくらいよ。よかったわね？　妖精姫のドレスを着たら、あなたも妖精姫っぽくなれるかもしれないわよ？」

「黙りなさいよ！　このアバズレ女！」

「あぁ、そうだわ！　あのドレスを着たら、ドアニス男爵があなたを気に入ってくださるのではないかしら！　そうなさいよ！　男爵なら、きっとロザリーを幸せにしてくださるわ！　男爵はお金持ちだもの、ドレスも宝石も買い放題よ！」

ロザリーの顔が憤怒に赤黒く染まった。

自分より格下なはずの私が先に社交界デビューして、『妖精姫』などともてはやされて男にチヤホヤされているのが悔しくてしかたないのだ。

普通にしていればそれなりに可愛いのに、私に対し強烈なコンプレックスを抱いているので、私が見るのはいつもこんな醜い顔ばかりだ。

「この……！」

「黙りなさい、ロザリー。レティシアも、いい加減にしないか」

父が力なく娘たちを宥めた。

私はこれで口を噤んだが、ロザリーは私をぎゃんぎゃんとうるさく罵倒し続けた。

「もういい。ゲオルグ、ロザリーを部屋に連れて行け」

最終的に、義兄に命じてロザリーを退室させ、それでやっと静かになった。

「お父様。ロザリーはあれでいいのですか？　淑女教育が全くなっていないではありませんか」

「お黙りなさい！　小賢しいことを言うのではありません！」

痛いところを突かれたのか、父に問いかけたのに継母が怒鳴ってきた。

まぁ、どっちでもいいんだけど。

「それで、他になにかご用がおありなのですか？　なにもないのなら、離れに戻りたいのですが」

「……公爵は、おまえをどのように扱うつもりなのだ」

「そのお手紙に書いてある通り、メイドとして雇ってくださるのでは？」

「……給金のことなどは、なにか聞いているか？」

「普通に支払ってくださると思いますけれど」

なるほど。

メイドとして雇うという建前なので、ドアニス男爵がしたように父に金を積むわけではないということか。

きっと父は昨晩、公爵閣下ならさぞかし私を高く買ってくださるだろうと皮算用をしたのだろう。

そのアテが外れてがっかりしているわけだ。

「……普通に、か。それは、どのように」

「我が家でも、メイドの給料は毎月手渡しなのですよね？　どこもそうなのでしょう？　きっと公爵邸でも同じですわ」

「……」

メイドの中には、給料の中から実家に仕送りをしているものも少なくない。

だが、当然ながらそれは給料を受け取るメイド次第だ。

私がメイドとしての給料、もしくは愛人としてのお手当が貰えるのかどうかはわからないが、少なくとも私は仕送りをするつもりは一切ない。

苦い表情を浮かべる父には、それがよくわかっているのだろう。

実の娘である私にしてきたことを後悔しても後の祭りというものだ。

その時、ノックもされずに乱暴に扉が開かれた。

今回入ってきたのは、元婚約者様だった。

「マークス子爵！　レティシアをエデルマン公爵に差し出すというのは、本当のことなのですか⁉」

早速昨夜の夜会での出来事を耳にしたらしいドアニス男爵は、顔を真っ赤にしてはち切れそうなお腹をぽよぽよさせながら父に詰め寄った。

「そ、それが、私にもなにがなんだかさっぱりでして……突然のことで驚いているのは我が家も同じなのです」

「レティシアはボクの婚約者のはずではなかったのですか⁉　それなのに、なぜ公爵が出てくるのですか⁉　まさか、ボクから支度金だけ巻き上げて、有耶無耶にするつもりではありますまいな⁉　ボクの方が爵位が低いとはいえ、このような扱いをされる謂れはない！」

　これには私もドアニス男爵に同意だ。

　具体的な金額は知らないが、ドアニス男爵は父に多額の支度金を支払ったはずだ。

　せめてそれを返却できればいいのだが、残念ながら既にマークス子爵家の借金の返済および継母とロザリーの散財により大半が失われている。

　父の顔色は悪くなる一方で、流石の継母も青い顔で冷や汗をかいて俯いた。

　もっと金払いのよい求婚者が現れるかもしれないと欲をかいて、ドアニス男爵との婚約の公表をギリギリまで遅らせたりするから、足を掬われることになるのだ。

「レティシア！　きみも、ボクのところに来てくれるって言ってたじゃないか！　ボクがどれだけきみを愛しているか、きみは知っているはずだよね⁉　それなのに、ボクじゃなくて氷血公爵を選ぶの⁉」

「私が選んだのではありませんわ。公爵閣下が私を選んでくださったのです。私の身分で、公爵閣下に否が申せるはずがないではございませんか」

「でも！　きみは、ボクの婚約者だよ！」

「私と男爵の婚約は、父と男爵の間で決まったこと。そこに私の意志など介在しておりません。私も父の決定に従うつもりでしたが……こうなっては致し方ありませんでしょう」

殊勝で儚げな妖精姫の風情で、首を傾げて頬に手をあて、悲しげに微笑んで見せた。

「お父様も、男爵も。異論がおありでしたら、公爵閣下に申し立ててくださいませ。無力な私になにを仰ったところで、どうすることもできませんわ」

父は当然ながら、資産家のドアニス男爵でも筆頭公爵家当主の愛人を横から掻っ攫うなんて自殺行為ができるわけがない。

「それでは、私は荷造りがありますので……これで失礼させていただきます」

これ以上、不毛な議論というか、父が一方的にドアニス男爵に責められるのを見ていても時間の無駄だ。

私は優雅にカーテシーをして、父の執務室を辞した。

そのまま意気揚々と離れに戻ろうとしたところ、

「レティシア」

嫌な声に呼び止められた。

しかたなく振り向くと、そこには憂い顔のゲオルグがいた。

ロザリーを自室に押し込み、私を待ち伏せしていたようだ。

「お義兄様。なにかご用？」

舌打ちするのを堪え、無表情で返した。

「本当に、あの氷血公爵のところに行くのか」

「えぇ。他にどうしようもないではありませんか」

「いいのか、それで」

なにが言いたいのよ……私は溜息をついた。

「残念ですわね、私がドアニス男爵に嫁がなくて。また我が家は借金まみれに逆戻りですものね」

「俺は、そんなことを言っているわけではない！」

「そうですか。では、ごきげんよう」

踵を返そうとした私の腕を、ゲオルグが掴んだ。

「金なんかどうでもいい！　俺は、ドアニス男爵に話をつけて……二年後くらいには、おまえを離縁してもらえるようにしようと思っていたんだ！　そのための準備もしていた！」

二年後って。

ドアニス男爵に嫁いだら、一年以内に死亡率百%なのを知らないのだろうか。

しかも、金なんかどうでもいいなんて、未来の子爵家当主が言っていいことではない。

「痛いですわ。離してください」

「俺とおまえは義理の兄妹だ。血は繋がっていない。マークス子爵家を継ぐ俺の妻には、正統な血筋を引くおまえこそが相応しい。俺はずっとそう言っていたのに、義父上と母上が勝手にドアニス男爵との婚約を決めてしまったんだ……俺がどれだけ悔しかったか、おまえにわかるか!?」

「わかりませんわ。わかりたくもありません。いいから離してください」

掴まれた腕が痛い。

ゲオルグの濁った瞳が私に迫ってくる。

怖い。昨日、閣下に寝台に押しつけられた時と同じくらい怖い。

それでも弱みを見せるわけにもいかず、足が震えそうになるのを堪えて、ゲオルグを睨みつけた。

「俺は、おまえが義妹になった時からずっと、おまえを俺のものにすると決めていたんだ。男爵ならまだ交渉の余地もあったものの、よりによって筆頭公爵家当主とは……俺では口をきくことすら許されないじゃないか！　おまえは、そんなにも俺を苦しめたいのか⁉」

「意味がわからないわ。いいから離してください」

「レティシア！　俺は、おまえを、ずっと」

「坊ちゃま！　そのあたりでおやめください」

止めに入ったのは、我が家の家令だ。

昨夜、私が閣下に送ってきてもらった時、外に迎えに出て驚愕の顔をしていた使用人の一人だ。

この家令も私には冷淡だった。

家令は私を庇っているのではなく、私の腕に手跡がつくのが困ると思ってゲオルグを止めているのだ。

「いけません、これ以上は」

だが、ゲオルグは家令の言うことなど聞かない。

「やめろ！　放せ！　レティシアは俺のものなんだ！」

騒ぎを聞きつけた若い侍従がやってきて、家令と一緒にゲオルグを羽交い絞めにして、やっと私は解放された。

なにか喚きながら暴れるゲオルグに背を向け、私は離れに戻った。

結局は、ゲオルグもロザリーもよく似た兄妹だ、と思いながら。

◇

「おはようございます、レティシア様。お迎えに上がりました」

翌朝の早い時間に、カルロスがメイドを一人連れて公爵家の立派な馬車で迎えに来てくれた。

「おはようございます。お迎えありがとうございます」

私はいつも着ている継ぎはぎだらけのメイドのお仕着せで出迎え、にっこりと笑って見せた。

事前情報もあったのかもしれないが、二人ともこんな姿の私を見ても表情を変えない。

「これを運んでくださいますか？」

指さしたのは、玄関の近くに置いておいた古びた旅行鞄が一つ。

メイドがそれを馬車に運んで行ってくれた。

「他にお荷物は？　それから、メイドと護衛を連れておいでになると伺っておりますが」

「荷物は、さきほどの鞄だけです。メイドと護衛を紹介いたしますね。こちらへ」

ふたりがいる奥の部屋に通すと、案の定カルロスはぎょっと目を剥いた。

マークス子爵家のこぢんまりとしたタウンハウスから、エデルマン公爵家の立派なタウンハウスは馬車で二時間ほどの距離にあった。

びっくりするくらい揺れが少なく快適な馬車が邸前で停車すると、カルロスが外から扉を開いて手を差し出し、私はその手に掴まってできるだけ優雅に馬車を降りた。

目の前にはずらりと並ぶ公爵邸の使用人たち。

その顔には、主人が迎え入れる女性への期待に溢れていて、少し申し訳なくなった。

そして、テオドール・エデルマン公爵閣下。

いつも見かけるのは夜会の時ばかりだったから、こうして太陽の下でその姿を見るのは初めてだった。

夜会の時よりも簡素ながら、上質であることがぱっと見ただけでわかるブラウンのフロックコートがよく似合っている。

やっぱりいつ見ても美丈夫だ。

それにしても、ここまで盛大に出迎えてもらえるとは思わなかった。

だが、後のことを考えると、今のうちに全体に知らせておくのが一番なのかもしれない。

「テオドール・エデルマン公爵閣下。迎えを寄越してくださいまして、ありがとうございました。改めまして、レティシア・マークスと申します。本日より、よろしくお願い申し上げます」

私は継ぎはぎだらけのスカートの裾を広げ、優雅にカーテシーをした。

その私のスカートの陰に隠れるように、メイド服を着た小さな女の子が同じようにカーテシーをした。

そして、そんな私たちを守るように、真っ白い犬がきちんとお座りをして閣下を見上げた。

「レティシア・マークス。よく来た……其方《そなた》を歓迎しよう」

流石の閣下も少し驚いた顔をしたが、すぐに気を取り直して歓迎の言葉をくれた。

「それで……その子供は」

「こちらはタニア。五歳になります。私のメイドです。そして、こちらはシロ。護衛ですわ」

にこやかに答えた私に、閣下が眉を僅かに顰めたのも無理はない。

タニアは、私と同じ色のふわふわ巻き毛に、ぱっちりとした瞳は新緑の碧《みどり》。

幼いながら鼻筋が通っており、ふっくらとした頬はシミ一つなく白磁の色艶で、瑞々しい唇はまるでサクランボのよう。

最高級のビスクドールがそのまま動き出したかのような美少女だ。

そして、どこからどう見ても私とそっくりなのだ。

「詳しいことは後ほどきちんとご説明いたします。タニアもシロも、とても賢いのです。粗相をするようなことはありませんわ」

メイドと護衛に関して、だまし討ちをした自覚はある。

ここまで来て追い出されることはないと思うが……

「……くくっ……まさか、そう来るとはな……生まれた時から一緒とは、よく言ったものだ。やはり其方《そなた》は面白い女だな」

どうやら、閣下のお気に召したようだ。

面白いと思ってくれてなによりである。

「カルロス、中へ案内せよ」

私はほっと胸を撫でおろした。

こうして、私たちはエデルマン公爵家に迎え入れられた。


私たちが通されたのは、きれいに整えられた立派な客室だった。

居間と寝室とバスルームが続き部屋になっており、全体的に女性らしい淡い色でまとめられている。

そして驚いたことに、専属メイドが二人と護衛騎士が二人もつけられることになった。

メイドはリーシアとマリッサ。

リーシアはカルロスの妹で、マリッサは母なのだそうだ。

カルロスの家系は代々エデルマン公爵家に仕えていて、まだ紹介はされていないが父も侍従をしているということだった。

それから、私と同世代の愛娘がいるという騎士ザックと、私より少し年上くらいの女性騎士フィオナ。

二人とも公爵家の騎士の中から、私に変な気を起こさない騎士、ということで選ばれたそうだ。

四人は私たちにとても好意的で、タニアとシロについては驚いたようだが、ぎゅっとシロを抱きしめたタニアに新緑の瞳で見つめられると、瞬時に陥落してしまった。

私がリーシアとマリッサに室内を案内してもらっている間、タニアはフィオナに抱っこされて、シロはザックに頭を撫でられ、皆ご満悦だった。

「奥様」

「私のことは、レティシアと名前で呼んでくれないかしら。奥様呼びは、閣下が正式に結婚なさるお相手にとっておいてあげてほしいの」

「承知いたしました、レティシア様。まずは、お着替えをいたしましょう。いくつかのサイズのドレスを準備してございますので、この中からお選びください」

「ありがとう……たくさんあるのね」

マリッサが見せてくれたクローゼットの中には、豪華なものからシンプルなものまで、二十着ほどのドレスが収められていた。

私はその中から、一番シンプルで動きやすそうな落ち着いた緑色のドレスを選んだ。

着てみるとサイズもピッタリで、今までに着たどんな服よりも着心地がいい。

生地も仕立ても最高級なのだろう。

それから鏡台の前に座らされて、薄く化粧をされて髪をハーフアップに結われた。

「まぁ！　たったこれだけで、見違えるようですわ！　元がよろしいからですわね。これから毎日レティシア様をお世話できるなんて、夢のようですわ」

「ちょうど昼食の準備が整ったようでございます。旦那様がご一緒にと仰っていますが、よろしいでしょうか」

「ええ、もちろんよ」

「それから……タニアさんは」

「そうね……閣下にお話をしなくてはならないこともあるし、タニアは一緒ではない方がいいのだけど」

「でしたら、リーシアとフィオナに任せましょう。私とザックがお供いたしますので」

私が視線を向けると、タニアはそれでいいと頷いてくれた。

どうやら、既にこの環境に適応し始めているようだ。

「わかりました。お願いね」

「はい！　お任せください！」

私はタニアとシロの額にキスをして、マリッサに連れられてダイニングルームへと向かった。

ダイニングルームでは、もう閣下が席について待っていた。

「お招きいただきありがとうございます。遅くなって申し訳ございません」

「いや、いい。かけなさい」

私は閣下の正面の席に座った。

閣下も、その後に控えているカルロスも、探るように私を見ている。

「いろいろと訊きたいこともあるが……難しい話は食事の後にした方がいいだろう。まずは食べなさい」

ポタージュスープ、根菜のサラダ、鶏肉のソテー、木の実が練り込まれた柔らかなパン、というごく一般的な献立ながら、とても美味しかった。

素材も料理人の腕も、私の実家とは段違いなのだろう。

食後のお茶が運ばれてきて、室内には私と閣下、カルロスとマリッサとザックだけになった。

「さて、レティシア。ここからは難しい話をする時間だ」

「はい……タニアのことですね」

閣下は頷いた。

「タニアは私の異母妹です。母は、私に仕えていたサーシャというメイドです。サーシャは、タニアを産んですぐに亡くなりました」

サーシャ。今でも思い出すと辛い。

「マークス子爵家のことを調査したが、そのような娘がいるという情報はなかった」

「当然ですわ。タニアのことを知っているのは、私と、四年前に腰を痛めて退職したゲルダという高齢のメイドの二人だけですもの。私は、タニアをあの小さな離れで隠しながら育てたのです」

閣下とカルロスは同じように眉を寄せた。

おそらく、私の後でマリッサとザックも同じような顔をしているのだろう。

「タニアが五歳なので、六年か七年くらい前のことです。父が事業で失敗して、借金を作ってしまったのです。それまでは娼館などで派手に遊んだりしていたらしいのですが、それができなくなり、事業のことでも苛立ちが募り……酒を飲んではメイドに手をつけるようになりました」

私は手元のティーカップに視線を落とした。

蜂蜜の入った甘いミルクティーも、あの時のことを思い出すと味がしなくなる。

継母は、とても嫉妬深い。

父が手をつけたメイドは、紹介状も持たせずに解雇して邸から追い出した。

私の母も、ちょうど私のような立場の人だった。

あまり裕福ではない貴族の庶子で、たまたま美しい顔立ちをしていたので令嬢として育てられ、成人後すぐに父に売られたのだ。

サーシャはそんな母が嫁いできた時についてきたメイドで、帰る家も家族もなく、もし追い出されたら路頭に迷ってしまう。

そうならないよう、サーシャに手がつけられたことを私たちは隠した。

幸いにも、父は酷く酔っていて記憶が曖昧だったようで、サーシャが追い出されることはなかった。

だが、それからしばらくして、サーシャが妊娠していることがわかったのだ。

私はサーシャと二人だけであの離れで暮らしていた。

そんな私たちを気にかけて、たまに様子を見に来てくれたのはゲルダだけだった。

私たちは他に頼るあてもなく、ゲルダに相談した。

ゲルダは、すぐに退職するのが一番だが、それができないならとにかく隠すように、と言った。

サーシャが父の子を身籠っていることが継母に知れたら、確実にサーシャは殺される。

もし男の子が生まれたら、義兄が子爵家の家督を継ぐのに邪魔になるからだ。

ゲルダは以前に何度か出産の手伝いをしたことがあるということで、私とゲルダで赤子を取りあげようということになった。

そして、タニアはなんとか無事に生まれてきたのだが、サーシャは亡くなってしまった。

きちんとお医者様に診せることができたら、サーシャは助かったのではないかと、今でも思い出すたびに悔しくてたまらない気持ちになる。

「そうか……それで、それからほとんど一人で育てた、と」

私は頷いた。

そんな私を見る閣下の瞳には、明らかに同情の色があった。

「あの、差し出がましいようですが、少しよろしいでしょうか」

だが、子育て経験者のマリッサはもっと現実的だった。

「赤ちゃんは泣くものです。夜泣きもします。そういったことも、全て一人で対応なさったということですか？」

「タニアは、夜泣きはしませんでした。それ以前に、ほとんど泣くことがありませんでした。というのも、タニアは口がきけないのです。産声すらあげませんでした。もしあの子が大きな声で泣く普通の子だったら、いくら誰も近寄らない離れであっても、隠し通せなかったと思います」

ゲルダもそう言っていた。

タニアの口がきけないのは、不幸なことであることは間違いないが、好都合なことでもあった。

「あの子の耳はちゃんと聴こえています。まだ五歳ですが、年の割には賢い子だと思います。簡単な読み書きもできますし、できる限りの礼儀作法も教えたつもりです。シロも、とても賢い犬です。タニアが生まれたころから一緒にいて、それからずっと私たちを助けてくれています。ただ、ふたりともあの小さな離れから出ること、私とゲルダ以外の人と接するのも今日が初めてです。よく言い聞かせてありますので、問題を起こすことはないと思いますけれど……」

閣下は腕を組んでじっと私を見た。

私もそんな閣下から目を逸らさず、じっとその紅玉の瞳を見つめた。

なにも嘘を言っていない、ということを信じてもらうために。

「……話はわかった。其方《そなた》も、タニアという娘も苦労したようだな」

やがて、閣下は口を開いた。

「タニアを正式に其方《そなた》の妹とすると、其方《そなた》の父がしゃしゃり出てくるかもしれない。だから、タニアは其方《そなた》がマークス子爵家からここに移動してくる途中で保護した捨て子、ということにしよう。タニアは其方《そなた》の妹ではなく、其方《そなた》個人の養い子だ。少々苦しいかもしれないが……こういう設定でどうだろうか？」

「ありがとうございます、閣下。それでお願いいたします！」

私の言葉を信じてくれたようで、ほっと胸を撫でおろした。

カルロスたちも頷いていたので、同意してくれたようだ。

他の使用人たちにもこの設定でタニアのことを周知してくれるだろう。

本当にありがたい。

部屋に戻ると、タニアとシロが駆け寄ってきた。

タニアは、少しブカブカだがきちんとした仕立てのドレスに着替えさせられている。

「タニアさんもシロも、とても良い子にしていましたよ。タニアさんは、カトラリーを使うのがお上手ですね。感心いたしましたわ」

リーシアに褒められ、タニアも嬉しそうだ。

初対面の人にタニアがどう反応するかとても心配していたのだが、どうやら杞憂だったようだ。

タニアもシロも、リーシアとフィオナにすっかり懐いている。

まだ子供だからなのだろうが、タニアの順応性の高さに助けられた。

こうして、私たちは公爵邸に受け入れられたのだった。


私は閣下の愛人である。

言うまでもなく、愛人の主なお仕事は、夜に閨で行われる。

閣下とは別に早めの夕食を済ませた後、私はリーシアとマリッサと協力してタニアとシロを丸洗いした。

できるだけ身ぎれいにはしていたが、満足に湯も石鹸も使えないような境遇だったので、どうしても限界があったのだ。

いい香りのする石鹸で全身を洗われて、タニアの肌は更にスベスベになり、髪はツヤツヤのフワフワで、美少女ぶりに更に磨きがかかった。

シロも同じようにツヤツヤのフワフワになって、白い毛並みは白銀のように輝いている。

タニアとシロは、私と同じ部屋で暮らすこととなった。

将来的には個室を与えることになるかもしれないが、今は私と離れない方がいいだろう、という判断だ。

フィオナに寝かしつけを頼んで、そこから先は私が磨かれる番だ。

私の肌と髪もタニアと同じようになり、更にマッサージをされて全身に香油まで塗られた。

しっとりとなった肌の上に薄いナイトドレスを着れば、閨に臨む準備は完了だ。

リーシアもマリッサも、とてもきれいだと褒めてくれた。

ナイトドレスの上からガウンを羽織り、私はマリッサに連れられて閣下の寝室へと向かった。

「旦那様。レティシア様をお連れしました」

大きな扉をノックしてマリッサが声をかけると、

「入れ」

という返事があった。

ここでマリッサとはしばしのお別れだ。

「失礼いたします」

『頑張ってくださいね！』という無言の応援を受けながら、私は意を決して閣下の寝室に踏み込んだ。

閣下は部屋の中央にある大きな寝台に腰かけていた。

私も閨教育の本は読んだので、閨でなにが行われるかということは知っている。

だが、女嫌いの閣下が、そういうことをするつもりがあるのかどうか、ということは不明なままで臨んでいる状態だ。

「どうした。こちらに来い」

扉のところで立ち尽くしていると、そう声がかけられた。

恐る恐る近づいて……寝台の上が妙なことになっていることに気がついた。

二つある枕は端と端に引き離され、寝台の中央には縦一列に分厚い本が並べられている。

「閣下、これは」

「境界線だ」

「境界線」

「こちら側は俺の領域。そちら側は其方《そなた》の領域だ。お互いにこの境界線を越えてはならない、というルールだ。わかりやすいだろう？」

「は、はい、とても」

私はこくこくと頷いた。

「俺は、其方《そなた》が面白い女だと思ったから愛人としたが、女が嫌いなことに変わりはない。だが、なにもしなければ愛人である其方《そなた》の立場が危うくなる。というわけで、今後は十日に一度くらいはこうやって同衾することにしよう」

「承知いたしました。お気遣いいただきありがとうございます！」

私としても、願ってもない提案だ。

私だって、愛人になった今も男性は苦手なままだ。

純潔を失う覚悟はしてきたが、できればそうならない方がいいに決まっている。

私はいそいそと私の領域側の毛布の中に潜り込んだ。

とても大きい寝台なので、真ん中で二つに分けてもたっぷりと余裕がある。

フカフカで肌触りのいい寝具に包まれ、私は我が身の幸運に感動した。

「……タニアは、どうしている」

「私の部屋で寝ています。今夜はフィオナが同じ部屋のカウチに泊まってくれるそうなので、安心ですわ」

「使用人たちとは、上手くやっていけそうか」

「はい。皆さま、私にもタニアにもシロにも、とてもよくしてくださいます。ふたりもすっかり懐いたようです」

「そうか……なにか問題があったら、マリッサかカルロスに言うように」

「はい、閣下。なにからなにまでありがとうございます。私、閣下に買っていただいて、本当によかった」

閣下も寝台に横になった。

眼帯は、つけたまま寝るようだ。

寝にくくないのかな？　と思ったが、そこには触れないことにした。

「疲れただろう。もう眠れ。明日からは、この邸で好きに過ごすといい」

「ありがとうございます……おやすみなさい、閣下」

「ああ、おやすみ」

閣下の低く張りのある声は、耳に心地よい。

境界線があるとはいえ男性と同じ寝台にいるというのに、私はすぐに眠りに落ちた。


翌朝目が覚めると、既に閣下はいなくなっていた。

境界線も撤去されており、私は広い寝台の上にぽつんと一人取り残されていた。

どうするべきかしばらく考えて、寝台の横の台に置かれていたベルをチリンチリンと鳴らしてみた。

「おはようございます、レティシア様」

マリッサがすぐにやってきたので、どうやらそれで正解だったようだ。

部屋に戻ると、シロだけが出迎えてくれた。

タニアはまだぐっすり眠っていたので、起こさないことにした。

シロの頭を撫でてあげると、尻尾を振ってご機嫌であることを伝えてくる。

シロもよく眠れたようだ。

美味しい食事、快適な部屋、優しい使用人たち、懐の深い公爵閣下。

メイドと同じ扱いでもいいと言ったのに、とんでもない好待遇だ。

閣下に心から感謝しつつ、ここで新たな生活を始めようと決意を新たにした。

その日の夕食は、私だけでなくタニアとシロも閣下に招待された。

「閣下、タニアにもドレスを仕立ててくださってありがとうございます」

午後に仕立屋がやってきて、私とタニアの普段着用のデイドレスを仕立てると採寸をしてくれたのだ。

タニアの可愛らしさに仕立屋とお針子集団も一目で心を奪われてしまったらしく、どんなデザインにするかをメイドたちも交えて熱のこもった議論が交わされていた。

「身一つで来いと其方《そなた》に言ったのは俺だからな。当然のことだ。タニアも……ついでだ。気にすることはない」

「いつかタニアとお揃いのドレスを着たいと、ずっと思っていたのです。閣下のおかげで、もうすぐ夢が叶いますわ」

新しいドレスは全て、私とタニアでお揃いになるようなデザインに決まった。

お針子集団がやる気に漲っているので早めに仕立て上がるだろうと言われたが、今からとても楽しみだ。

「お針子の一人に、犬が大好きだという方がいて、ハギレでシロにスカーフを作ってくださったのです。シロも大喜びでした」

真っ白でフワフワでお利口さんなシロも、当然ながら大人気だった。

可愛い可愛いと撫でまわされ、赤い花柄のスカーフをつけてもらってご機嫌だった。

「そうか。随分と賑やかだったと聞いたが、喜んでもらえたようだな」

「はい、とても！」

タニアは私の隣の席で、小さな子供用のカトラリーを使って食事をしている。

そのテーブルマナーは、厳しめに見ても及第点くらいにはなっているだろう。

シロはというと、柔らかく煮込んだ野菜と肉のスープのようなものを貰って既に食べ終わっており、今はタニアの足元で伏せの体勢をとっている。

「タニア。こちらに来なさい」

食事が終わると、閣下はタニアを近くへと呼び寄せた。

私はタニアの手を引いて閣下の正面へと立たせ、シロは当然のようにその隣できちんとお座りをして閣下を見上げた。

「タニア。突然住む場所が変わり、驚くことも多いだろうが、ここには其方《そなた》たちを虐げるものはいない。其方《そなた》はまだ子供だ。なにも心配せず、健やかに過ごすといい」

タニアは、閣下を見つめたままぎゅっとシロを抱きしめた。

「シロといったか。もちろんその犬もだ。追い出すようなことはしないから、安心しなさい」

タニアはぱっと花がほころぶような笑顔になり、私が教えたようにカーテシーをして見せた。

口がきけないなりに、閣下に感謝の意を伝えたのだ。

「いい子だ。もう立派な淑女のようだな。シロも、よく躾けられたいい犬だ。レティシアの教育がよかったのだろう」

閣下は紅玉の瞳を細め、大きな手でタニアとシロの頭を撫でてくれた。

ややぎこちなくはあったが、それは閣下の優しさの表れだった。


その夜は、実家の離れでもそうだったように、タニアとシロと同じ寝台に入った。

マリッサが絵本を持ってきてくれたので、寝る前にふたりに読み聞かせてあげた。

ページ毎に描かれている色鮮やかな挿絵に、タニアは新緑の瞳を零れそうなほど丸くしてじっと話に聞き入っていたが、いつのまにか眠ってしまっていた。

まだエデルマン公爵邸に来て二日目だが、タニアはとても表情豊かになった。

食事も美味しそうに食べている。

閣下を始め、多くの人たちの優しさと温かさを感じ取っているようだ。

本当に、閣下が私を買ってくださってよかった。

私は起こさないようにタニアの額にキスをして、毛布に包まり目を閉じた。

◇

「嫌！　絶対に嫌！　私、結婚なんかしたくない！」

腰を痛めたゲルダが退職する数日前、当時十三歳だった私はゲルダに向かって泣き喚いていた。

「そうはまいりませんよ。女性は十八歳になったら結婚できます。お嬢様は旦那様が選んだお相手と結婚させられることになります。これは、貴族の女性の宿命のようなものです」

「嫌よ！　だって、だって、男の人なんて……嫌なんだもの！」

父のせいで男性が大嫌いになっていた私には、ゲルダの示す未来はとても受け入れられるものではなかった。

男性とキスすることを考えるだけで全身に鳥肌が立つというのに、結婚なんて無理だ。

「いくら嫌だと仰っても、結婚は避けられません。よく考えてください。お嬢様が結婚したら、タニア様はどうなると思いますか？」

私はシロと一緒にお昼寝をしているタニアを見た。

可愛い私の妹。私の唯一の家族。

「タニアは……連れて行けないの？」

「それはお相手次第でしょう。お優しい方なら、旦那様に秘密にしたままタニア様を受け入れてくれるかもしれませんけど、そうでないならタニア様は売り飛ばされてしまうかもしれません。可愛い女の子というのは、高値がつくのですよ」

私は青ざめた。

売り飛ばされた女の子がどうなるのかはよくわからなかったが、それでも幸せに暮らすことはできないだろうということくらいは想像ができた。

口がきけないタニアは、助けを求めることもできないだろう。

一人ぼっちになったタニアが酷い目にあわされるなんて、想像するだけで新たに涙が零れた。

「私は……どうすればいいの？　どうすれば、タニアと一緒にいられるの？」

「結婚は十八歳からですが、社交界デビューは十六歳からになります。その間の二年間で、貴族のご令嬢は婚約者を探すのです。幸いなことに、お嬢様はとてもお美しい顔をしていらっしゃいます。それを利用するのです」

私は自分の頬に手をあてた。

しばらく鏡を見ていないが、ゲルダがそう言うのなら私は美しいのだろう。

「お嬢様がデビューしたら、たくさんの男性の興味を惹くことになるでしょう。その中から、お優しい方をお嬢様自身で選ぶのです。できるだけ爵位が高い方、もしくはお金持ちの方なら、旦那様を説得しやすいと思います」

それは私でも理解できる簡単な理屈だった。

「美しい顔を利用して……優しい男の人に好きになってもらうのね」

「私はそれが一番いい方法だと思います」

私は自分の中で、結婚したくないという気持ちと、タニアを守りたいという気持ちを秤にかけた。

結論はすぐに出た。

「私、優しい人を探して結婚するわ。タニアを守るって、サーシャと約束したんだもの！」

難産の末の死の床で、サーシャは私の手を握り、私と生まれたばかりのタニアを残して逝くことを詫びながら息を引き取った。

その瞬間、私は庇護される側から庇護する側になった。

サーシャの忘れ形見で、異母妹でもあるタニアを守り育てることが、私の使命となったのだ。

それから私はゲルダにできるだけ身だしなみを整えてもらい、決意と覚悟を胸に父の執務室に突撃した。

「お父様。私もいつか誰かと結婚するのでしょう？　その時、教養がなければマークス子爵家の恥になってしまいますわ。私に家庭教師をつけてくださいませんか？」

そう言って、黒い感情を隠したままにっこり笑って見せた。

私の存在などほとんど忘れていたらしい父は驚いた顔をしたが、すぐに私の利用価値を理解したようだ。

私はロザリーのお下がりのドレスを与えられ、礼儀作法やダンスなどを学ぶこととなった。

ただし、教えてくれるのは家令や下級貴族出身のメイドたちだった。

どうやら家庭教師に払う金を父がケチったらしい。

余計な仕事が増えたと文句を言われながらも、私は必死で勉強した。

勉強をすることは楽しかったが、継母とロザリーは私が目障りらしく、チクチクと嫌味を言ったり物を投げつけたりしてきた。

それは無視すればいいだけだったのでどうでもよかったが、問題は義兄のゲオルグだった。

私の体が子供から大人へと変わり始めたころくらいから、妙に私の周りをうろうろするようになったのだ。

ロザリーと一緒に罵ってきたかと思えば、猫撫で声でお茶に誘ってきたり、髪飾りなどをプレゼントしようとしたりする。

はっきり言って気持ち悪くてしかたがなかった。

私の目標は、優しい男性と結婚して、タニアとシロを連れてマークス子爵家を出ることだ。

間違ってもゲオルグと結婚なんてことになってはいけないのだ。

私はゲオルグを利用できる時は利用しつつも、距離をとってあしらい続けた。

私がそんなことをしている間も、タニアとシロはすくすくと育っていった。

ゲルダが退職してから、タニアとシロが接するのは私だけになってしまった。

幼い子供と犬にとって、狭い室内に閉じ籠っていないといけないというのは窮屈であっただろうに、よく聞き分けて我慢してくれた。

そんなふたりを抱きしめるたびに、この温もりを絶対に守らなくてはいけないと私は決意を新たにしていた。


時は流れ、十六歳になった私は満を持して社交界デビューした。

ゲルダが予想した通り、私は多くの注目を集め、ついには『妖精姫』なんて二つ名までつけられるほどになった。

男性たちからは下心と欲望に濁った視線を、女性たちからは嫉妬と憎しみだらけの視線を向けられ、親しい友人ができたら、なんて淡い期待は早々に打ち砕かれてしまった。

これには着ていたドレスの影響もあったと思うが、私にはどうしようもなかった。

そして、最大の目的である優しい結婚相手探しは難航を極めた。

角砂糖に群がる蟻のように私に寄ってくる男性たちは、上辺だけ取り繕って甘い言葉を囁くだけで、ちっとも優しくなさそうなのだ。

なんの成果もないまま十七歳になり、ついには十八歳の誕生日が間近に迫るようになったころ、私とドアニス男爵の婚約が内定してしまった。

父は十分に注目を集めた私を最も高値で買ってくれる人を探し、継母はその候補者の中から私を最も不幸にしてくれそうな人を探していた。

ドアニス男爵は、その両方の条件を兼ね備えた理想的な婚約者様だったわけだ。

追い詰められた私は、従順な娘を演じながらも必死で情報を集め知恵を絞った。

そして、視点を変えることを思いついた。

今までは結婚相手を探していたが、よく考えたら結婚できなくてもいいのではないか。

愛人として囲ってくれたら、それで十分だ。

むしろ、正妻なんかより自由な立場の愛人になった方が、タニアのことも受け入れてもらいやすいのではないだろうか。

それに、正式に結婚するわけではないから、面倒な手続きも結婚式も必要ない。

関係を解消する時も、ただ私がいなくなればいいだけだ。

なんてお手軽！　愛人万歳！

子爵家令嬢という私の身分では、高位貴族の正妻にはなれないからその方面は最初から諦めていたが、愛人だったらその限りではない。

これで一気に優しい旦那様候補の枠が広がるではないか。

高位貴族なら愛人の一人や二人囲っているのも普通だろうし、私がその末席に潜り込むのも難しくなさそうだ。

なんてありがたい！　愛人最高！

目の前に立ち込めていた暗雲が消え、陽の光がぱぁっと差し込んだような気がした。

できるだけ爵位が高く、もしくはお金持ちな男性。

そして、まだ私が話をしたことがない男性。

新たな希望を胸に、胃の痛みを堪えながら夜会やお茶会に積極的に顔を出した。

そんな時、夜会の会場の隅に背の高い男性がいるのが目についた。

広い肩幅と分厚い胸板をした逞しい体つきから、騎士であることが窺える。

それから、遠くてはっきり見えないが、顔の左側にあるのは眼帯のようだ。

ということは、あの方は……

「あの方は、テオドール・エデルマン公爵閣下でしょうか？」

「そうですよ！　あの『氷血公爵』です」

私をダンスに誘おうとしていた口の軽そうな男性に聞いてみると、なぜか得意げに教えてくれた。

「見た目の通り冷酷非道で、女嫌いなのだそうです。なんでも、かつて言い寄ってきた女性を手打ちにしたことがあるとか」

「まぁ、そんなことが？」

「国王陛下の甥にあたる方ですからね。罰することもできなかったのだそうですよ」

この手の噂話は尾鰭がついていることが多いので、頭から信用することはできないが、女嫌いというところに興味を惹かれた。

私は足が痛いと言い訳をしてダンスを断り、壁際に下がって公爵閣下を観察することにした。

(少なくとも、女嫌いというのは本当っぽいわね)

よく見ていると、公爵閣下は女性を慎重に避けていることに気がついた。

近くをただ通り過ぎる女性からも、空いた皿やグラスを回収している女給からも、さりげなく距離をとっている。

それがわかるのは、できることなら私もそうやって男性を避けたいと思っているからだ。

本当は、男性に笑顔で愛想を振りまくのも、厭らしい目で見られるのも、ましてやダンスをするのなんて、嫌で嫌でしかたがないのだ。

(あ、誰か話しかけたわ。今夜の警備担当の騎士の方のようね)

制服姿の若い騎士が、なにやら話している。

話の内容までは聞こえないが、どうやら若い騎士は公爵閣下と話ができるのがとても嬉しいようだ。

(公爵閣下は、騎士団の剣術指南をしていると聞いたわ。その関係の話をしているのかしら)

公爵閣下がなにか短く言葉を返すと、若い騎士はぱっと顔を輝かせて敬礼をし、スキップしそうな勢いで立ち去って行った。

（あの騎士の方は、公爵閣下をとても慕っているのでしょうね。氷血公爵なんて呼ばれているらしいけど、あの様子だと冷酷非道な方ではないのではないかしら）

テオドール・エデルマン公爵閣下。

筆頭公爵家当主で、国王陛下の末妹が母だったはずだ。

体が大きく、遠目でも威圧感があるが、噂とは違い冷酷な方ではなさそうに見える。

（私の探し求める旦那様の条件にピッタリなのでは？）

更にいいことに、間違いなく女嫌い。

（白い結婚？　ができるかもしれない！）

私は期待と興奮に心が震えた。

それから私は公爵閣下のことを徹底的に調べ、策を練り、夜会の控室で待ち伏せをした。

これでダメだったらもう後がないという背水の陣で臨んだ『妖精姫を買うメリット』についてのプレゼンは、大成功を収めたのだった。

◇

エデルマン公爵邸での生活が始まった。

愛人という日陰の身である私がどう扱われるのか不安だったが、使用人たちは本当によくしてくれる。

タニアとシロのことも可愛がってくれて、この上なくありがたい。

ふたりは目に見えて元気になり、タニアは相変わらず声は出ないまでも驚くほど表情豊かになった。

私も掃除や洗濯をすることがなくなったので、手のあかぎれがなくなった。

食事も美味しいし、ストレスもないので、私たちは健康的にふっくらとなっていった。

私が愛人になって一月ほど経ったある日の昼下がり、心地よいそよ風が吹くガゼボで私はお茶を飲んでいた。

「レティシア様、寒くはございませんか」

「大丈夫よ。ありがとう」

タニアとシロは、公爵家に仕える騎士に遊んでもらっている。

顔に傷がある強面のその騎士は、子供好きだが子供に怖がられるというちょっと可哀想な人だ。

タニアのことも最初は遠慮して遠くから眺めるだけだったが、シロが『この人は大丈夫』と判断してからタニアが積極的に甘えに行くようになり、今では休憩時間のたびにタニアと遊んでくれるようになった。

「レティシア様。ここでの暮らしには慣れましたか？」

そう尋ねてきたのは、マリッサだ。

「ええ。タニアとシロはすっかり馴染んでいるようだけど、私はやっと慣れてきたところかしら。

毎日が幸せすぎて、なんだか今でも夢みたいだと思うことがあるのよ」

ここでの暮らしは、実家の離れにいたころと比べると天国のようだ。

「あの……旦那様とのことは……長い目で見てあげてくださいませ」

マリッサは、私と閣下が清い関係のままだということを知っている。

同衾した翌朝の寝具を見れば一目瞭然なのだそうだ。

もちろん、そのことを知っているのは、マリッサを含むごく一部の使用人たちだけだ。

普通の愛人だったら、閣下が手を出してくれないことに思い悩むところだろうが、もちろん私はそんなことはしない。

私が自分から『白い結婚で構わない』と宣言したことを知らないマリッサたちは、私のことを心配してくれていて、申し訳ない気持ちになってしまう。

閣下は女嫌いだというのに、私の立場を守るために寝台に境界線を作ってまで同衾してくれる優しい人だ。

今では閣下は私がこの世で一番信頼を寄せる男性となった。

未だにカルロスやザックにも身構えてしまう私だが、閣下の前でだけは自然体でいられるのだ。

「わかっているわ。私は大丈夫よ。閣下に無理を言ったりもしないわ」

今の状況は、私と閣下がお互いに望んだ通りになっている。

むしろ、理想の更に上をいくくらいの待遇だ。

「私、閣下にもマリッサたちにも、とても感謝しているのよ。タニアもシロも、ここに来てからすごく楽しそうだわ」

「タニアさんは、最初のころよりよく笑うようになりましたね。本当に可愛らしくて、見ている方も笑顔になってしまいます」

強面騎士とじゃれているタニアとシロを見て、マリッサは目を細めた。

「レティシア様たちが来られてから、邸内はとても明るくなりました。旦那様も、以前より柔らかな雰囲気になられて、いいことばかりです。私たちも、レティシア様に感謝しておりますよ」

え？　と思い、私はマリッサに向き直った。

「閣下は、私たちが来てからそんなに変わられたの？」

私は以前の閣下が邸でどんなだったのかを知らない。

それに、私が閣下に会うのは、食事に招待される時と、十日に一度同衾する時くらいだ。

それ以外の時は、閣下がどこでなにをしているのかも私は知らないし、邸で閣下の姿を見かけることもない。

「ええ、とても。旦那様はお優しい方ですが、以前は私たちとも必要最低限のことしか会話がなかったのです。それが今は、レティシア様たちと楽しそうにお食事をなさるまでになって……」

食事の時、私は最近あったことなどを報告する。

報告というか、嬉しかったことや楽しかったことをただ私が喋っているだけなのだが、閣下はそれをちゃんと聞いてくれて、言葉は少ないながら相槌を打ってくれる。

食後はタニアとシロを近くに呼び寄せ、頭を撫でてくれる。

変な話だが、ここ最近で閣下が最も頻繁に触れている女性は、間違いなくタニアだ。

私にはあの夜会の時以来、閣下は指一本触れていない。

もちろん、それを不満になど思っていないのだが。

「旦那様は一日に一度、私たちにレティシア様たちのご様子を報告させるのですよ。邸で執務をしていらっしゃる日は、たまにレティシア様たちを遠くから眺めておられます。そんな時の旦那様はとても優しい顔をしていらっしゃるのです。旦那様は、本当にレティシア様たちを気にかけておられます」

「そうなの……私、旦那様は、邸では元から今のような感じでいらしたのだと思っていたわ」

「とんでもないです。私など旦那様の声すら忘れそうになっていたくらいですよ。私もリーシアも、女性だからという理由で遠ざけられておりましたので。レティシア様がおいでになるということで、旦那様直々に専属メイドに指名していただいて、とても嬉しかったのですよ」

私たちが来たことで、マリッサたちと閣下の距離も縮まったようだ。

閣下と使用人たちの関係の改善に貢献できたというのなら、私も役に立っていると言えるだろう。

それは、私にとってもとても嬉しいことだ。

「旦那様は……ずっと前に、とある出来事があったせいで、女性を受けつけなくなってしまわれました。なにがあったのかは、私の口からは話せませんが……レティシア様、どうか旦那様に寄り添ってあげてくださいませ。旦那様も、レティシア様になら心を開いてくださるかもしれません。時間はかかるかもしれませんが……どうか、旦那様をお願いいたします」

閣下にも、私と同じように異性が嫌いになる原因があったようだ。

マリッサの口ぶりから、なにやらとても酷いことだったということが窺える。

閣下の冷徹な顔は、心の傷を隠すための仮面なのかもしれない。

「もちろんよ。私にできることならなんだってするわ。私も、閣下に恩返しをしたいと思っているもの。だからマリッサ、一緒に閣下を支えていきましょうね」

私たちが閣下の女嫌いを克服できる手助けができるなら、そんなに嬉しいことはない。

そうなったら、閣下は改めて相応しい身分の正妻を迎えることができるだろう。

閣下は優しいから、私が身を引く時はある程度の手切れ金をくれるか、住み込みで働くことができるような職場を斡旋してくれると思う。

マリッサたちと離れるのは寂しいが、いつか閣下にも本当の幸せが訪れてほしいと心から願っている。

第二章

妖精姫ことレティシア・マークスのことは以前から知っていた。

いつ見ても趣味がよいとは言えないドレスを着て、多くの男たちを侍《はべ》らせていて、はっきり言ってよい印象はなかった。

美しい娘であることは遠目で見てもわかったが、それだけだ。

それ以上に興味を惹かれることもなかった。

だというのに、嫌々ながら参加した夜会の俺専用の控室で、その妖精姫が待ち構えているとは流石に予想できなかった。

最近はなかったが、以前はよくこうして控室で女が待ち構えていることがあった。

火遊びの相手ならいくらでもいるだろうにと思いつつ追い払おうとしたが、レティシアは大粒の碧《みどり》の瞳に、思いがけないほど強い光を湛えて俺に取引を持ちかけてきた。

俺は左目を眼帯で覆っているし、体も大きい。

我ながら威圧感のある外見をしているのに、レティシアは華奢な体で真正面から俺と対峙した。

男にチヤホヤされるだけしか能がない令嬢だと思っていたが、氷血公爵とまで呼ばれる俺を相手に堂々と語るその姿は、間違いなく一本筋の通った強かな女で、ふわふわと儚げな容姿とのギャップに驚かされた。

様々な下心で寄ってくる女は星の数ほどいたが、これほど真っすぐに自分を売り込んでくる女は初めてだった。

だからなのだろうか。

自分を買ってほしいと言いながら、白い結婚で構わないというところが妙に癇《かん》に障った。

やっと成人したばかりの少女に大人げないと思いながらも、寝台に押し倒して脅してみたところ、瞳に涙をうかべて震えながらも、俺をしっかりと睨み返してきた。

その反応から、まだ生娘だということがわかった。

あれだけ男に囲まれていながらまだ純潔を保ったままということは、本当に男が苦手なのだろう。もしくは、娘を高値で売り飛ばすために、両親が目を光らせているのかもしれないが。

とにかく、レティシアが面白い女であることがわかった。

ドアニス男爵をブタヒキガエルと例えるところも面白ければ、独特の女心の観点も面白い。

この容姿で、この中身。こんなに面白い女はいない。

俺はレティシアを愛人として囲うことにした。

ダンスホールに連れ出してみると、レティシアは可憐な妖精姫の皮を被った。

痛いくらいに俺たちに視線が集まる中、見せつけるように二曲続けて踊ってやった。

妖精姫を相手にこれだけ目立つことをすれば、最近うるさくなっていた羽虫どもも静かになることだろう。

やつらの驚愕の顔を見るのはなんとも愉快な気分だった。

レティシアも思いの外楽《ほか》しそうだった。

その後に声をかけたマークス子爵は、顔は知っていたが話をするのはその時が初めてだった。

改めて見てみると、なんとも矮小で卑屈な目をした男だった。

こんな男から、どうやったらレティシアのような肝の据わった娘ができるのか不思議でならない。

普段はあまりこういったことはしないのだが、敢えて筆頭公爵家当主という身分を振りかざして、強引にレティシアを貰うという宣言をした。

どこか山羊のような顔をした子爵夫人が恐ろしい顔でレティシアを睨んでいたのも印象的だった。

義娘を利用しながらも、その美しさを妬んでいるのだろう。

女の嫉妬とは、いつ見ても醜い。

これだから女は嫌なのだ……そう思いながらも、俺の隣で寄り添うように立つレティシアには、そんな嫌悪感を感じなかった。

レティシアを送り届けた後、俺がすぐにマークス子爵について調べるようカルロスに命じたところ、カルロスはすぐに調査結果を持ってきた。

俺が命じるまでもなく、レティシアから俺の控室で待ち伏せしたいとの打診を受けた後に調査をしていたらしい。

調査によると、レティシアの実母は十年前に亡くなっており、その直後に後妻が嫁いできてから冷遇されているということだった。

数年前に父であるマークス子爵がレティシアの美貌に目をつけ、最低限の礼儀作法と教養を叩き込んで貴族令嬢としてデビューさせた。

レティシアの美貌はすぐに話題になり、群がってくる下心だらけの男たちをマークス子爵は利用しようと躍起になっていた。

そして、最終的に決まった嫁ぎ先が、よりによってあのドアニス男爵だ。

前妻の子が虐げられるというよくある話ではあるのだろうが、実際に目《ま》の当たりにすると、なんとも胸が悪くなる気分だった。

俺が愛人を囲うから部屋を準備するようにと使用人たちに命じると、エデルマン公爵邸は上を下への大騒ぎとなった。

「ついに！　ついに、坊ちゃまに春が！　爺は、嬉しゅうございます！　ああ、生きている間に、こんな日を迎えることができるとは……爺は、もう思い残すことはございません！」

俺が生まれる前から我が公爵家に仕えている家令は、ハンカチで目頭を押さえて感動に震えている。

メリッサやリーシア、他の使用人たちも心から喜んでいるようで、邸内が一気に明るくなった。

これだけでも、レティシアを買ったかいがあったと思ったものだ。

ちなみに、俺はレティシアを『買う』ことにしたわけだが、どうにもマークス子爵が気に食わなかったので、金は別のところに支払うことにした。

支払い先は、ドアニス男爵だ。

変態ブタヒキガエルな男爵だが、親から受け継いだ零細商会を一代で大きく成長させ、男爵位を得るまでになった手腕は並ではない。

ここは恩を売って、縁を繋げておいて損はないところだ。

レティシアを手に入れることができなかったことに腹を立てていることだろうが、あちらは敏腕商人なのだ。

マークス子爵に支払った金を補填してやり、更に筆頭公爵家と繋がりを持つことができるとなれば、大喜びをするだろう。

俺がそんなことを画策している間に、使用人たちは喜々として走り回りレティシアのために広めの客室を整えた。

そして、夜会の翌々日の朝、カルロスに連れられてエデルマン公爵邸にやってきたレティシアは、最初から実に面白いことをやってくれた。

生まれた時から一緒にいるメイドと護衛を連れてくると聞いていたのに、蓋を開けてみたら、メイドはどう見てもレティシアそっくりの幼女で、護衛は白い犬だったのだ。

犬はともかく、幼女の方はカルロスの調査書にも載っていなかったが、どういうことなのだろう。

使用人たちは目を丸くしていたが、俺はあまりに予想外なことが面白くて、また笑ってしまった。

その後、レティシアの口からタニアという名の幼女が異母妹であるとはっきり告げられた。

幼い妹を守るため、レティシアはその存在を隠して密かに育てたのだそうだ。

当時はレティシアだってまだ子供だっただろうに、どれほどの苦労だったことだろう。

レティシアの話を聞いて、マークス子爵は気に食わないと思う気持ちが強くなった。

やはりマークス子爵に金を支払わなくてよかった、と心から思った。

レティシアは、名目上は俺の愛人ということになっているので、定期的に閨を共にしなくてはいけない。

とはいっても、本当に情を交わす気はさらさらなかった。

分厚い本で境界線を築いた寝台で、レティシアはあっさりと眠りについた。

安らかな寝息をたてるその顔には、まだ十八歳のあどけなさがあった。

そう、レティシアはまだ十八歳。やっと成人したばかりの少女なのだ。

そんな若い娘が、氷血公爵相手に身売りをするなど、どれだけの覚悟が必要だったことか。

そこまで大胆なことができたのも、妹を守るためだったのだろう。

レティシアは、ただ容姿が美しいだけの娘ではない。

こんな娘を冷遇し売り飛ばそうとするなど、マークス子爵の目は節穴もいいところだ。

立場上、しかたなく参加した夜会だったが、おかげで思わぬ買い物をすることができた。

しばらく退屈することはなさそうだ。

俺は久しぶりにいい気分で眠りについた。


「タニアさんは口はきけないにしても、とても賢い子なようです。ある程度の礼儀作法も身につけています。言うことを聞かなかったりして、困らせられることは今のところ一度もありません。シロもタニアさんを守るようにぴったりと寄り添っていて、本当に護衛のようです。こちらが言うことも理解しているようで、驚くほど手のかからない犬です」

レティシアたちが公爵邸に来た翌日、マリッサはそう報告してきた。

「お美しいレティシア様はお仕えしがいのある方ですが、それにしてもタニアさんとシロが可愛くて……私だけでなく、既に多くの使用人たちが心を奪われております。リーシアもフィオナもザックも、メロメロです。私も、予想外の役得だと思っておりますよ」

こんなに嬉しそうな笑顔のマリッサを見るのは、いつ以来のことだろうか。

レティシアだけでなく、タニアとシロも使用人たちに受け入れられたようだ。

「旦那様も、タニアさんとシロを近くでご覧になったらいかがでしょう？　きっと自然と笑顔になれますわ」

元からそうするつもりだったので、その日の夕食の席に招くことにした。

マリッサの言った通り、タニアもシロもとても行儀がよかった。

昨日見た時よりも肌にも髪にも艶が増したタニアは、まだ五歳だというのに、どこか完成されたような印象さえ受ける美しさだ。

傍に来るように呼び寄せると、タニアとシロは並んでじっと俺を見つめた。

その四つの瞳には、確かな知性があるのが見て取れた。

そして、俺は生まれて初めて、子供に対して『可愛い』と思ってしまった。

シロを抱きしめ無言で訴えかけてきたのも、その後ぱっと笑顔になったのも、可愛いとしか言いようがなかった。

躊躇いながらも頭を撫でてやると、タニアとシロは嬉しそうに瞳を細めた。

それもまた可愛くて、そんなことを思う俺自身に少し戸惑った。

それからも、マリッサたちからの報告は続いた。

「今日はレティシア様たちは庭の散策をなさいました。ちょうど薔薇が咲いていて、とてもきれいだと喜んでくださいました。ただ、シロと追いかけっこをしていたタニアさんが薔薇の生垣に頭から突っ込んで、ほっぺにひっかき傷ができてしまって……痕が残るほどの傷ではありませんが、リーシアとフィオナが大慌てでした。ずっと狭い家の中だけで生活していたので、外にあるもの全てが珍しいのだろうとレティシア様はおおらかに笑っておられました」

という報告はマリッサから。

この邸での生活に慣れてきてから、タニアはお転婆な面を見せるようになった。

子供らしくていいことではないか。

まだ五歳なのだから、外で元気に遊びまわるといい。

「タニアさんは、お姫様が出てくるような絵本より、男の子が冒険の旅に出るような絵本がお好きなようです。坊ちゃまが小さいころにお気に入りだった絵本を読んであげると、とても喜んでくださって、その後五回も繰り返し読むようにお願いされました」

という報告は家令から。

この家令は、俺が小さいころはいつも小言ばかり言っていたのに、今はタニアを膝に乗せて絵本を読むのが楽しみでしかたがないそうだ。

「仕立屋がレティシア様とタニアさんのドレスを仕上がった分だけ持ってきてくれました。お揃いのドレスにお二人とも大喜びで、手を繋いでくるくる回っておられました。シロも新しいスカーフをつけてもらって、その周りを走り回って……なんというか、もうここは楽園なんじゃないかってくらい、可愛かったです」

という報告はフィオナから。

フィオナは腕の確かな女性騎士なのだが、同時に可愛いものに目がないのだ。

レティシアもタニアもシロもそれぞれ可愛いが、全部まとまると可愛さが十倍くらいに跳ね上がるのだそうだ。

「お庭の片隅に咲いていた野花で、花冠の作り方をお教えしました。レティシア様はタニアさんに作ってあげて、タニアさんはシロに作ってあげていました。数種類の花を組み合わせるのですけど、タニアさんが作った花冠が一番バランスがよくてきれいな彩りになっていました。タニアさんは美術系の才能があるのかもしれません」

という報告はリーシアから。

花冠の花は、きれいなものを選んで押し花にしてあるそうだ。

「シロは本物の護衛です。初めて見るメイドやら侍従やらを見つけると、必ず匂いを嗅ぎに行きます。素行に少し問題がある騎士がいたのですが、シロは一発でそれを見抜いたようで、その騎士が姿を見せると、唸って吠えて遠ざけたのです。いつもは大人しくて可愛い犬なのに、その時は狼のような迫力がありました。あの勘のよさと忠誠心は大したものです。犬にしておくのがもったいないくらいですよ」

という報告はザックから。

護衛騎士という視点から見ても、シロはとても頼りになるようだ。

タニアが生まれたころから一緒にいる犬、という話だったが、なんとも不思議な犬である。

レティシアのことを報告するように、と言いつけてあるのだが、報告の内容はタニアやシロに関することであることも少なくない。

そこからレティシアの様子も伝わってくるから構わないのだが。

タニアとシロは元気いっぱいで遊びまわり、多くの使用人たちに可愛がられ、レティシアはそれを優しく見守っている。

健やかに暮らしているようでなによりである。

俺の都合次第ではあるが、だいたい三日に一度は食事を一緒にとるようにしている。

レティシアもタニアも、はっきりと表情が明るくなり、以前より健康的になった。

「最近、お庭にあるガゼボでお茶会をするのです。使用人の皆さんが日替わりで参加してくださって、とても楽しいのですよ」

「タニアがなにかを拾ってじっと見ていたので、見せてってお願いしたら、緑色の小さなカエルを手渡してくれました。私、カエルに触るのは初めてで、なんだかひんやりしているのが面白くて、タニアと二人でそのまま眺めていたら、リーシアに悲鳴をあげられてしまいました……カエルはもといた場所に戻しましたわ」

「今日は雨で外に出られなかったので、厨房でクッキーの作り方を習いました。初めて作ったのですけど、ちゃんと美味しくできたのですよ。ここの料理人の方は腕がいいだけでなく、教え方もお上手なのですね。今度はマドレーヌの作り方を教えてくださるそうで、今からとても楽しみなのです」

「今日はタニアと刺繍を習いました。恥ずかしながら、刺繍はほとんどしたことがなくて、お手本を見ながら頑張ったのです。どちらが先に上達するかタニアと競争しているのですけど……なんだか、負けるのは私のような気がしますわ」

そんなごく普通の、だが幸せに満ちた日常のことをレティシアは話してくれる。

妹の成長を喜び、全ては俺と使用人たちのおかげだと感謝の心を忘れない。

姉妹の交わす笑顔には溢れるほどの愛情があり、それは俺の心まで温かくしてくれるようだった。

いつしか俺はレティシアからなにげない日々の話を聞くのが楽しみになっていた。

だが、こんなこともあった。

いつものように夕食の席に着いたレティシアとタニアが、二人揃ってどんよりと暗い顔をしているのだ。

「どうした？　なにかあったのか？」

「はい、閣下……実は……」

眉を下げたレティシアが語ったのは、これまたなんとも微笑ましい話だった。

その日、昼くらいに通り雨が降った。

雨上がりのお庭もきれいだからとメイドに誘われ、いつものように散策に出た。

花や葉の上で水滴がキラキラ光っていて、つい気を取られている間に、タニアとシロから目を離してしまった。

レティシアたちが見つけた時には、ふたりは水たまりで泥んこ遊びをしていて、ほんの短い間だったのに、ふたりとも元の色がわからないくらい泥だらけになっていた。

しかも、そのままレティシアに飛びついてきたので、レティシアのドレスも同じようになってしまった。

あまりにも汚すぎて室内に入ることもできず、マリッサが魔法で水を出して洗い流そうとしたのに、それも楽しかったようでタニアとシロがはしゃいで逃げ回るので、このままでは洗っているのだか更に汚しているのだかわからない、という状況になってしまった。

なんとかふたりを捕まえて、泥を落としてからお風呂に入れたのだが、お風呂のお湯もすぐ茶色くなって、何度も換えなくてはいけなかった……

「そうか、それは大変だったな」

俺が笑いを堪えながらタニアに視線を向けると、いつもなら真っすぐに見つめ返してくるのに、今日は気まずそうな顔で目を逸らした。

こんな顔もするようになったのか、とタニアの成長が垣間見られた気がした。

きっとレティシアにこっぴどく叱られたのだろう。

タニアとシロに説教をするレティシア、というのも可愛かったのではないだろうか、なんてことを思ってしまった。

「それで……せっかく閣下がお揃いで仕立ててくださったドレスが、ダメになってしまったのです」

ここでやっと俺はレティシアが気に病んでいることを理解した。

申し訳ありません、と頭を下げるレティシアとタニアの後で、マリッサの頬が緩んでいるのが見える。

レティシアとタニアに仕立てたドレスが数着ダメになったところで、また仕立てればいいだけのことだ。

落ち込むほどのことではないのだが、レティシアの感覚ではそうもいかないのだろう。

「泥遊びなど、誰でも一度は経験することだ。そこまで気にする必要などない。また近いうちに仕立屋を呼ぼう」

「いいえ、いけません！　私たちは、もう十分によくしていただいておりますから！」

喜んでもらえると思った提案だったのに、思いがけないほどの勢いで断られてしまった。

「私は安上がりな愛人になるとお約束しました。高価なものを強請《ねだ》ることはしないと……閣下とのお約束を、違えるわけにはまいりません！　ドレスは他にもありますから、新しく仕立てていただく必要はございません。閣下のお気持ちだけで、私たちは嬉しいのです」

そういえば、取引を俺にもちかける際、レティシアはそんなことを言っていた。

取引のことなど知らない使用人たちの顔が険しくなり、責めるような目で俺を一斉に見た。

今ここにいる使用人たちは、俺が生まれる前から、もしくは俺が小さいころから我が家に仕えているものたちばかりで、当主である俺にも遠慮がないのだ。

「あの時其方《そなた》が言ったのは、夜会で着るような派手なドレスのことだろう。普段着のドレスくらい、いくら仕立てても構わないのだぞ。それに、其方《そなた》が強請《ねだ》っているのではなく、俺が仕立てるように勧めているのだ」

「ですが……」

レティシアの愁眉《しゅうび》はまだ開かない。

「あの……よろしいでしょうか」

ここで声をあげたのは、リーシアだった。

「新しく仕立てるのではなく、街で古着を買ってくる、というのはいかがでしょうか。古着なら、ダメになったレティシア様のドレス一着くらいの値段で、二十着は買えます。それなら、汚れてしまっても処分するのに抵抗は少ないのではないでしょうか。レティシア様はガーデニングにも興味をお持ちですし、汚れてもいい衣類というのがあったら便利だと思うのです」

いい提案だ。

レティシアも興味を惹かれたようで、碧《みどり》の瞳に輝きが戻った。

「それから、当然ながら街にはいろんなお店がございます。美味しいお菓子のお店や、本屋や、野菜や果物の市場など、レティシア様とタニアさんはご覧になったことがないのではないでしょうか。そういったところでちょっとしたお買い物をするのも、楽しいものですよ。旦那様、お二人を街にお連れしてもよろしいでしょうか」

レティシアとタニアは期待に満ちた瞳を俺に向けた。

よく似た二人の顔には、『行きたい！』とお揃いで書いてあり、それがまた微笑ましい。

「いいだろう。好きなものがあれば、いくらでも買ってくるといい。タニアにもいい経験になるだろう。ただし、フィオナとザックは必ず連れて行くように」

「はい、閣下！　ありがとうございます！」

やっといい笑顔を見せてくれた二人に、俺と使用人たちは和やかな気分になった。

レティシアたちが来てから、邸の中は見違えるほど明るくなった。

俺としては、ここまで大きな影響があるとは思っていなかったのだが、これはレティシアだけでなくタニアとシロによるところも大きい。

レティシアたちの周りにはいつも笑顔が満ちている。

タニアとシロが戯れている姿は、俺から見ても可愛らしい。

レティシアとの愛人契約がいつまで続くかはわからないが、このままタニアが成長するのを見届けるのも悪くないと思っていた。

◇

閣下のお許しが出た翌日、早速お買い物に行くことになった。

ついてきてくれるのは、リーシア、マリッサ、フィオナ、ザックといつものメンバーだ。

「いつか街でお買い物をしてみたいと思っていたの。楽しみすぎて、昨日は遅くまで眠れなかったわ」

私の隣でタニアも満面の笑みで頷く。

今日も私たちはお揃いのドレスだ。

「タニアさん、絶対に誰かと手を繋いでおいてくださいね。知らない人について行ってはいけませんよ。タニアさんのように可愛い子は、すぐに拐かされてしまいますからね」

「大丈夫よ、カルロス。シロもいるし、フィオナとザックがちゃんと守ってくれるわ」

「レティシア様もですよ！　お美しいのですから、変なのに絡まれないように気をつけてくださいね。一人で裏路地とかに行ってはいけませんよ」

「わかってるわ。心配しないで」

「心配しますよ！　ああ、やっぱり私もついて行くべきでしょうか」

「ダメよ、カルロスは邸でのお仕事があるのでしょう？　ちゃんと無事に戻ってくるわ。美味しそうなお菓子があったら、お土産に買ってくるわね」

なぜだか最近過保護気味になってしまったカルロスを振り切って、私たちは馬車に乗って邸を後にした。

思えばエデルマン公爵邸に来てから、外出するのは今日が初めてだ。

外出が嬉しくてワクワクするなんて、いつ以来のことだろうか。

タニアもフィオナの膝に座らせてもらって、新緑の瞳を輝かせて熱心に外を眺めている。

「まずは、古着屋さんに行かないとね。それから、お菓子屋さんと本屋さんもあるのよね？　刺繍糸とかも売ってるかしら？　お花やお野菜の種もほしいわ。市場に行ったら、たまに珍しい果物が売ってることもあるんですって。カフェとかレストランも行ってみたいし、屋台みたいなところでなにか買って食べてもいいのよね。他にはどんなお店があるのかしら。タニアとお揃いで髪飾りとか買えるかしら。シロのおやつになりそうなものもあったらいいのだけど。それから」

「レティシア様、今日一日でそんなにたくさんは無理ですわ。大丈夫です、また何度でもお買い物には行けますからね。今日は古着屋さんと、お菓子屋さんに行ってみましょう。お菓子屋さんも種類がありますから、お店の外から見て回るだけでもきっと楽しいですよ」

「えぇ、そうね！　そうよね！」

こういう時は、マリッサにお任せしておけば間違いないのだ。

馬車から降りると、そこは大きな噴水のある広場だった。

「わぁ！　素敵！　タニア、シロ、おいで！」

「あぁぁ、レティシア様、お待ちください！」

タニアと手を繋いで走り出した私の後をシロがついてきて、その後から慌ててフィオナたちが走ってくる。

このような噴水があることは知っていたが見るのは初めてで、タニアとシロと並んで水の動きを夢中で目で追った。

豊かに水を湛えた噴水は魔法具が組み込まれているらしく、水面から水が逆流する滝のように上へと流れ、それから下へと降り注いでいる。

中央には大きな石像があり、それを取り囲むような形になっている。

「あれは、なんの像なの？」

「妖精姫ですわ」

「まぁ、妖精姫なの？　あれが？」

私は目を丸くしてその像を見上げた。

髪の長い小柄な女性が、スカートの裾を翻して両手を広げている像だ。

その肩には、鳩のような鳥が一羽とまっている。

長い間雨風に晒され続けたからか、どんな顔をしているのかはよくわからない。

「百年以上前、タータル全土が干ばつに襲われた時、妖精姫が雨を降らせてくれたのだそうです」

「そのお話なら、本で読んだことがあるわ」

「邸の書庫に、詳しい記録などがあったと思いますよ。ご興味がおありでしたら、今度調べてみてはいかがですか」

「えぇ、そうしてみようかしら……あ！　シロ！　噴水の中に入っちゃダメ！　タニアも！　ドレスが濡れちゃうわ！」

やんちゃをしようとするタニアとシロをなんとか止めて、マリッサの案内で古着屋に向かった。

古着屋は、マリッサが言った通り安価なドレスがたくさんあった。

質も値段もデザインも様々だ。

サイズ調整は邸の針仕事が得意なメイドがしてくれるからと、タニアと二人で数着ずつのドレスを買った。

また、買ったのはドレスだけではない。

「本当に、そちらも買われるのですか？」

「えぇ！　ガーデニングをする時は、庭師と同じような恰好の方がいいと思うの。それに、これならどれだけ汚れても平気だわ！」

私が選んだのは、庭師が着ているようなシャツと、ポケットがたくさんついているベストと、男物のズボンだった。

タニアも同じ意見らしく、嬉しそうに男の子用の服を手に取っている。

「いいじゃないですか。これはこれで、きっとお可愛らしいですよ」

フィオナも後押ししてくれて、私は望み通りの買い物をすることができた。

これでたくさんガーデニングができる！

今から楽しみでしかたがない。

その後は、庶民向けのレストランで全員で席について食事をして、お菓子屋さんを見て回った。

どの店でも、買う時にタニアがにっこり笑って見せると、キャンディやチョコレートなどを少しずつおまけしてくれた。

可愛いタニアの笑顔は、破壊力が凄まじいのだ。


その日は、閣下と都合が合わず食事は別だったが、夜は十日に一度の愛人としてのお務めの日だった。

最近は境界線を挟んで、少し話をしてから眠ることが多くなった。

「今日のお買い物は、とても楽しかったですわ。お買い物も外食をするのもお店を見て回るのも、全部初めてで、タニアもずっと笑顔でした」

「そうか。よかったな。ほしいものは買えたか？」

「はい！　ドレスをいくつかと、庭師みたいなシャツとズボンも買いました」

「庭師？　あぁ、ガーデニングをするとか言っていたな」

「庭師のトムに習って、お花とお野菜を植えるのです。タニアもすごく楽しみにしています」

「トムに習うのなら、間違いはないだろう。あれは腕のいい庭師だからな」

「この邸の使用人たちは、皆腕がよくていい人たちばかりですわ。おかげで毎日夢のような暮らしをしています。本当に、閣下には感謝しておりますわ」

美味しい食事。

優しい使用人たち。

息を潜める必要もなく、元気に庭を走り回ることができる。

幸せすぎて怖いくらいだ。

だが、ここで閣下が少し表情を改めた。

「レティシア。一つ、言っておかなければならないことがある」

「なんでしょうか？」

なにか悪い知らせなのだろうか。

もしかして、実家がなにか問題を起こしたのだろうか。

「近いうちに、俺の留守を狙って、其方《そなた》に客がやってくるかもしれない」

「私にお客様ですか？」

「そうだ。其方《そなた》に興味があるらしい。できれば追い返したいところだが、そうもいかないのだ」

「そうなのですか……」

「正面から普通の客としてやってくるのならまだマシだが、出入りの業者のふりをして潜り込むくらいのことをしかねないヤツでな」

「そんな方がいらっしゃるのですね」

公爵家の主である閣下がいない時に来客があったら、その相手をするのは妻の役割だ。

だが、私は妻ではなく愛人という日陰の身なので、そういった一般的な妻の仕事には手を出していない。

閣下もそれでいいと言ってくれている。

「俺が妖精姫を囲っていることは、社交界では知られていることだ。それはいいのだが、問題はタニアだ。あれは、一目見ただけで其方《そなた》との血縁関係があるとわかる。それに、あの容姿だ。面倒なことになるかもしれない」

私は息を呑んだ。もし、タニアという私の妹の存在が世間に知られたら……

「タニアを……マークス子爵家に、送り返すなんてことには、なりませんよね？」

「そんなことはしない。あれのことを知ったら其方《そなた》の父は確実になにか言ってくるだろうが、子爵程度ならいくらでも黙らせられる。だが、面倒は避けるに越したことはない。だから、妙なのが邸に入り込んだ気配があったら、即座にタニアを隠せ。使用人たちにも伝えておくが、あれの一番近くにいるのは其方《そなた》だからな」

「わかりました。気をつけておきますわ」

この邸に来て多くの人に可愛がられ、表情豊かになったタニアは更に美しさが増した。

そんなタニアを守るのは、姉である私の役目だ。

「そう難しい顔をするな。護衛もついているのだから、滅多なことは起こらない。明日からもまた、いつも通り自由に過ごすといい」

「はい、閣下。そういたしますわ」

そう応えて目を閉じたが、その夜は眠りに落ちるまでに時間がかかった。

いつ来るのか、本当に来るのかすらわからない客に怯えていてもしかたがない。

私は閣下が言った通り、いつも通りに過ごすことにした。

タニアとシロにも事情を説明し、なにかあったらどこかに隠れるか、私たちの私室に逃げ込むように言い聞かせた。

誰が来るのか知らないが、公爵閣下の愛人の私室に踏み込むようなことはできないだろう。

買い物に行った二日後には、私とタニアが買った男物の服のサイズ調整が終わったので、早速ガーデニングに挑戦することにした。

「右から、人参、蕪、ベゴニア、カモミールの種です。とりあえず、今日はこの四種類でいかがでしょうか」

庭師のトムが準備してくれたのは、初心者向けの育てやすい野菜の種と、食べられる花の種だった。

トムにガーデニングについて相談した際、食べられる花があると教えられ、ぜひ植えてみたい！とお願いしていたのだ。

「人参も蕪も大好きよ！　お花の方は、どんなお花なの？」

「ベゴニアは、鮮やかな赤い花が咲きます。サラダに入れると彩りがいいのです。カモミールは、白くて可愛らしい花です。こちらは、どちらかといえばハーブですね。花を摘んでお湯を注ぐと、いい香りのお茶になります」

私の隣で、タニアも新緑の瞳を輝かせて種を見つめている。

タニアは三つ編みにした髪を日焼け防止のために被った帽子の中に全部入れているので、ぱっと見ただけでは男の子のようだ。

「閣下の瞳みたいな、きれいな赤い花が咲いてほしいわ。大事に育てましょうね」

多分、そういったことを考慮した上でベゴニアを選んでくれたのだろう。

トムも他の使用人たちも、嬉しそうにニコニコしている。

ガーデニングに挑戦するとは言っても、初心者の私たちはトムが準備しておいてくれた畑に種を蒔くだけだ。

トムにお手本を見せてもらい、丁寧に種を柔らかな土に埋めていく。

タニアも小さな手で種をつまんで、今までに見たことがないくらい真剣な顔で取り組んでいる。

それがなんとも微笑ましくて、私はいくつか蒔いてもう満足したと言って、残りはタニアに任せることにした。

タニアの集中力は途切れることなく、トムに付き添ってもらいながら順調に種を蒔いていき、あともう少しで終わる、というところで、

「わんわん！」

それまでお行儀よくお座りをしてタニアを見守っていたシロが、突然吠えた。

その声には、明らかに警戒するような響きがある。

「フィオナ！　タニアをお願い！」

「は！」

私たち専属の使用人たちは、シロの護衛としての能力を信用している。

フィオナは即座にタニアを抱えて走り去り、シロもそれを追いかけていった。

フィオナとシロに任せておけば、タニアは大丈夫だ。

あたりを見回したが、今のところ知らない人の姿はない。

「私まで隠れると、それはそれで面倒なことになりそうだわ。とりあえず、これを終わらせてしまいましょう」

最後に三つほど種を土の中に埋めると、トムが水魔法で全体に水をかけてくれて、今日の作業は終了となった。

十日もすると芽が出てくるということで、今からとても楽しみだ。

この後は、収穫できるようになるまで草取りをしたり、肥料を足したり、水やりをしたりの作業があるそうだ。

そんな説明を受けていると、カルロスがこちらに走ってくるのが見えた。

「レティシア様！」

既に私の側にタニアとシロがいないのを見て、明らかにホッとした顔をしながらも、やや青ざめたままだ。

「私にお客様かしら？」

「その通りです。申し訳ありません、追い返すわけにもいかず……」

「大丈夫よ。急いで着替えてくるから、お待ちいただくようにお伝えしてくれる？」

「いえ、それが……」

「その必要はないよ〜！」

言い淀んだカルロスの後から、別の男性の声がした。

見ると、御者のような服装の男性がこちらに歩いてきている。

「あの方は……」

「ジルヴェスター・ロゥ・タータル殿下です。旦那様の従兄弟で、幼馴染でもあらせられます」

つまり、この国の第二王子殿下だ。

私も顔だけは知っている。

なるほど、そんな相手ではカルロスが追い返せないのも無理はない。

「王城からの使者を乗せた馬車が来たので、その対応をしておりましたところ、殿下が御者に化けていることに気がつくのが遅れてしまいました」

冷や汗をかいているカルロスを責めることなんてできない。

帽子をとって頭を下げた私に、殿下は鷹揚に声をかけた。

「ああ、その顔は本当に妖精姫だね。畏まらなくていいから、顔を上げてくれないかな」

直接言葉を交わしたことはないが、父に連れられて挨拶をしたことはある。

私は社交界で有名だったので、殿下も私の顔は覚えていたようだ。

今畏まらなくていつ畏まるのだ、と心の中で毒づきながらも、私はにっこりと笑って見せた。

「第二王子殿下、ご機嫌麗しゅうございます」

タータル王家特有だといわれる濡羽《ぬれば》色の髪と、蒼穹《そうきゅう》の瞳。

今年三十歳で、剣より魔法が得意ということで魔法師団に所属していて、なかなかに切れ者であるというのが世間一般の評価だ。

「ふぅん、夜会で見た時とは、随分と印象が違うね。どうしてそんな恰好してるの？」

「ガーデニングをしておりましたので。ちょうどお野菜とお花の種を植えたところでございます」

「テオはそんなことをきみにさせてるわけ？」

「私が挑戦してみたいと公爵閣下にお願いしたのです」

「へぇぇ〜、きみ変わってるねぇ」

殿下は私を上から下までじろじろと無遠慮に眺めた。

「ところで、きみはどうやってテオと仲良くなったの？　きみとテオが一緒にいるところなんて見たことがないと思うんだけど」

「公爵閣下のことは、以前から素敵な方だと思っておりましたので、私から声をかけさせていただきました」

「きみから声をかけたの？　それは思い切ったことをしたねぇ」

「あの時、私はもうすぐ両親が決めたお相手と結婚することになっておりまして……最後に一度だけ思い出がほしかったのでございます。それがきっかけで、公爵閣下のお傍に侍《はべ》らせていただくようになりました」

「なるほどねぇ。でもさ、あいつのこと怖いと思わなかったの？　デカくて厳ついし、眼帯までつけてるし、氷血公爵とか呼ばれてるの知ってるでしょう」

「もちろん存じております。ですが、私には最初から公爵閣下は恐ろしい方には見えませんでした。実際、この邸に来て三か月ほどになりますが、とてもよくしていただいております。公爵閣下は、お優しい方ですわ」

本心から言っているのだが、殿下の青い瞳はまだ私を探るように見ている。

この人はなにを知りたいのだろう。

なにを疑っているのだろう。

私が閣下もしくはエデルマン公爵家に害を与えると危惧しているのだろうか。

殿下は懐から封筒を取り出して、私に手渡した。

「はい、これをきみとテオに」

封筒にはタータル王家の紋章が描かれており、王家からの正式な書類であることがわかる。

「来月の夜会の招待状だよ。この邸に送っても全部無視されちゃうから、きみに直接手渡すことにした。テオと二人で参加してくれるよね？」

きらきらといい笑顔で圧をかけてくる殿下。

私の立場で断れるはずがないではないか。

「……参加できるよう、公爵閣下にお願いをしてみます」

「うん。お願いね。この前のきみたちのダンス、間の悪いことに見逃してしまったんだ。この夜会では、氷血公爵と妖精姫のダンスを披露してくれたら嬉しいな」

「承知いたしました。そうお伝えいたします」

「よろしくね。楽しみにしてるよ」

殿下は私の手をとって、甲にキスをした。

こういう立場の人だから当然なのだが、とても慣れた仕草で、反射的に手を引っ込めたくなったのを、なんとか理性で我慢した。

「それじゃまたね、レティシアちゃん。テオによろしく」

さっさと立ち去る殿下を、顔色が悪いままのカルロスが追いかけていった。

「レティシア様」

「マリッサ。招待状を、受け取ってしまったわ……閣下に怒られてしまうかしら」

閣下は夜会が好きではないのに、二人で参加しなくてはならなくなってしまった。

招待状を手に溜息をつく私に、マリッサは首を振った。

「今のはお断りできませんわ。旦那様もわかってくださいますでしょう。それよりも！　今は、もっと大事なことがあるではありませんか！」

マリッサはぐっと両手を握りしめ、私に迫った。

「レティシア様！　夜会用のドレスが必要です！　今度こそ仕立屋を呼ばなくては！　それから、宝石商も！」

「そ、そうね、でも、閣下にこのことをお伝えしてからの方が」

「旦那様がダメだと仰るはずがないではありませんか！　第一、旦那様からお預かりしているレティシア様の予算は、余りまくっているのです。ドレスの一着や二着、仕立てたところでなんの問題もありませんわ！　今日中に仕立屋に連絡を入れますからね！」

マリッサの勢いに押され、私は頷くしかなかった。

というか、そんな予算があったんだ。

夜会用のドレスを仕立てても余裕だなんて、かなりの金額なのではないだろうか……

どっと疲れた気分で私室に戻ると、タニアとシロがカウチの上で仲良くお昼寝をしていた。

その可愛らしい光景に心を癒されつつも、タニアが見つからなくて幸いだったと胸を撫でおろした。

その日の夕刻に帰ってきた閣下は、既になにが起こったのかを全て知っていた。

「ちょうどいい機会だ。どちらにしろ、夜会には近いうちに参加しなくてはならないと思っていたからな」

そう言って、肩を落とす私を慰めてくれた。

◇

こうして不本意ながら夜会に参加することになったわけだが、そうと決まれば私には閣下の完璧なパートナーを務め、寄ってくる女性は片っ端から蹴散らすという大切な役目がある。

ついに私が公の場で閣下の役に立つ時が来たのだ。

閣下に私を買ってよかったと思ってもらえるだけの働きをするためにも、私は気合いを入れて全力で準備に取り組んだ。

まずは、やはりドレスだ。

邸に来てくれた仕立屋に、私は今回ははっきりと希望を伝えた。

「ドレスは、やっぱり赤系がいいわね。せっかくだから少し変わったデザインにできないかしら。できれば、『妖精姫』っぽく見えるといいのだけど。その方が、閣下と私が一緒にいるということを、更に強調できると思うのよ」

「まあ、それはいいアイデアですわあ！　妖精姫のドレスを仕立てられるだなんて、腕が鳴ります！」

仕立屋のマダムがスケッチブックに猛然とペンを奔らせ、漲る創作意欲をデザイン画に変換している間、シロは新しいスカーフをつけてもらい、タニアはシロのスカーフと同じ布で作ったシュシュで髪を結ってもらってご機嫌だった。

マリッサとリーシアも加わって意見を出し合いデザインを決め、ほくほく顔の仕立屋とお針子集団は帰って行った。

きっと素敵なドレスが出来上がってくるはずだ。

それから、フィオナに男性パートをお願いしてダンスの練習をして、最近の出来事の話をふられても対応できるように過去三か月分の新聞に目を通し、貴族名鑑を読み込んで、思いつく限りの対策をした。

そして準備万端で迎えた夜会当日。

私は閣下にエスコートされて、堂々と夜会の会場に足を踏み入れた。

閣下の愛人になってからずっと引き籠っていたので、私が社交の場に出るのは約四か月ぶりのことだ。

私たちを中心にざわめきが広がり、各種の思惑を含んだ視線が突き刺さるのを感じる。

寄ってくる男性に愛想を振りまかなくていいと思うと気が楽だが、閣下のパートナーとして恥ずかしくないようにしなくてはいけないと、気を張ってもいる。

かつての私は、両親に言われるままに複数の男性を侍《はべ》らすようなことをしていたので、私の評判はどちらかといえば悪い。

そんな私がこれからどうふるまうのか、ということに多くの人が興味津々で注目しているようだ。

「あまり気負うな。俺に話しかけてくるヤツなどそう多くはない」

やや緊張気味の私に閣下がそう声をかけてくれた。

「はい、閣下。第二王子殿下にご挨拶をして、ダンスをして、早く帰りましょうね」

最低限それだけ果たせれば、今日のミッションはクリアとなる。

「あ、でも、あまり早く帰ったらもったいないかもしれませんわね。できるだけ多くの人に、閣下と私が仲良くしているところを見てもらうのもいいかと思うのですけれど」

「それもそうかもしれないな。せっかくだから、そのドレスも見せつけてやるのもいいだろう」

そんなことを話していると、目的の人物からこちらを見つけてくれたようだ。

「テオ！　それからレティシアちゃん。よく来てくれたね！」

ジルヴェスター・ロゥ・タータル殿下が声をかけてきた。

先日は御者に扮していたが、今夜は礼装の軍服を細身の長身に纏っている。

「殿下。本日はお招きいただき、恐悦至極に存じます」

慇懃《いんぎん》無礼《ぶれい》に礼をとる閣下の横で、私もカーテシーをした。

「え？　なにそれ？　この前のこと、まだ怒ってるの？」

「一介の臣下にすぎない私が殿下に対して怒るなど、とんでもないことでございます」

言葉とは裏腹に、殿下に向けられた紅玉の眼差しは絶対零度だ。

閣下は、殿下が邸に忍び込んで私に接触したことをまだ許していないのだ。

「やっぱり怒ってるじゃん！　悪かったって謝ったじゃないか！　レティシアちゃんをずっと邸で囲って外に出さないから、気になって様子を見に行ったんだよ！　これでも一応、心配してたんだからね!?」

殿下は今度は私に目を向けた。

「これはまた、随分と雰囲気が変わったたね。この前会った時じゃなくて、以前によく夜会で見かけてた時に比べて、だよ。女の子ってのはすごいなぁ、少しの間でこんなに変わってしまうんだね。あ、もちろん、いい意味で言ってるんだよ。前よりすごくきれいになった」

「もったいないお言葉でございます」

「ドレスもすごく似合ってる。それ、妖精姫がテーマだね？」

今日の私のドレスは、柔らかく透け感のある深紅のチュール生地を何枚も重ねて、ピンク、白、水色、紫などの布で作られた花がドレス全体に花畑のように散らばっているデザインだ。

花には朝露を模した小さな水晶の欠片《かけら》が縫いつけられていて、それが光を反射してキラキラと輝いている。

髪は敢えて緩いハーフアップにして、ドレスと同じ花と蝶を模したヘアピンで纏めてある。

『題して、〝朝霧に包まれた花畑で蝶と遊ぶ妖精姫〟ですわ！　透けるチュールが儚さと幽玄さを、朝露のきらめきが清らかさと清廉さを表現しております。花がいくつも縫い込まれておりますが、最も美しい大輪の花は、これをお召しになるレティシア様なのです！　このドレスの全てはレティシア様の美しさを最大限に引き出すための脇役としてデザインされております。レティシア様のための、レティシア様にしか着こなせないドレスですわ！』

このドレスを試着した時、仕立屋のマダムは誇らしげにそう説明してくれた。

マリッサとリーシアも、とても似合っていると褒めてくれたし、私も上出来だと思う。

「ふむ、本当にいいドレスだね。そうしていると、きみはまさに妖精姫のようだ」

「そうでしょう。氷血公爵が捕まえた妖精姫です」

私がなにか応えるより先に、閣下が私の腰を抱き寄せた。

驚いて見上げると、眼帯をしても美しい顔がニヤリと笑って私を見た。

「テオ……もしかして僕のこと警戒してる？」

「警戒されるようなことをなさったのは、どこのどなたでしたでしょうか」

「だから悪かったってば！　レティシアちゃんに悪さはしないよ！」

そんなことを言い合っている時、ちょうどワルツの旋律が聞こえてきた。

「殿下のご希望通り、ダンスを披露いたしましょう。今宵も二曲続けて踊るぞ。いいな、レティシア」

「はい、閣下。では、御前を失礼いたします」

まだなにか言いたそうな殿下から離れ、私たちはダンスホールの中央に立った。

「皆が私たちを見ていますわね」

「そうだな。狙い通りだ」

閣下に手をとられ、ゆっくりとワルツのステップを踏む。

やっぱり閣下のリードは踊りやすい。

「ジルの言った通り、いいドレスだな。よく似合っている」

「ありがとうございます。閣下に褒めていただくのが一番嬉しいですわ」

「ジルのことは……すまないな」

「いいえ、いいのです。殿下も本当に閣下のことを心配しておられたのでしょう。これで安心していただけたでしょうか？」

「どうだろうな。むしろ、其方《そなた》に興味を持ったようだ。今後も絡んでくるかもしれない。厄介だな……」

「殿下も閣下と同じように、私のことを面白い女だと思ってくださったのかもしれませんわね」

会場中の視線を集めながら、私たちは仲睦まじく二曲続けて踊った。

その後は、ゆっくりと会場を二人で歩いて回って、閣下は数人の知り合いと挨拶をした。

私はその横にぴったりと寄り添い、話をふられたらにこやかに応えた。

新聞をしっかりと読んで対策しておいたのが功を奏し、そつなく自然に会話を楽しむことができた。

これで、閣下のパートナーが外見だけの女ではないということを示すことができたと思う。

また、閣下を見つめる女性が何人かいたが、私がふふんと笑って見せると悔しそうな顔で離れて行った。

妖精姫には太刀打ちできないと諦めたのだろう。

面白かったのは、両親と義兄を見つけた時だった。

下位のものが公爵閣下に話しかけるわけにもいかず、私に向かって手振りでこっちに来るようにと示していたのを完全に無視して通り過ぎてやった。

緊張する場面もあったが、こんなにも穏やかな気持ちでいられた夜会は初めてだった。

閣下が隣にいてくれることの安心感は絶大だ。

こうして、初めて閣下と参加した夜会は大成功に終わった。

◆

外での用事を済ませ、俺が邸に戻ってきたのは昼過ぎのことだった。

「お帰りなさいませ、旦那様」

いつものようにカルロスに迎えられ、私室で着替えた。

「先ほどまでジルヴェスター様がいらっしゃいました」

その報告に、俺は眉を顰めた。

「また来ていたのか」

「はい。珍しい菓子をレティシア様に持ってきてくださいました」

あの夜会の後から、ジルは俺の邸をたびたび訪ねてくるようになった。

俺ではなく、レティシアに会うためだ。

レティシアは、あの面倒な従兄弟にいたく気に入られてしまったようだ。

「タニアさんは、今日も上手に隠れてくれました」

ジルはいつも先ぶれもなく突然訪ねてくるのだが、優秀な護衛であるシロのおかげで、まだタニアの存在には気がついていないとのことだ。

不幸中の幸いである。

「それから、庭師のトムから報告がありました」

「トムから？　珍しいな、なにがあった」

「その……レティシア様とタニアさんが世話をしている野菜と花が、異常な速度で成長しているのだそうです。本来なら収穫に数か月かかるところを、一月足らずで収穫できる大きさになった、とのことです」

　俺はまた別の意味で眉を顰めた。

「それは……どういうことだ？」

「私にもよくわかりませんが、トムが言うには、レティシア様かタニアさんのどちらかが、無意識に植物魔法を使っているのかもしれない、と」

　この国では、ほぼ国民全員が魔力を持っていて、魔法を使うことができる。

　魔力量が多ければ、俺のように魔法剣士のようなこともできるが、そうでなくても便利な魔法具があるので生活に困ることはない。

　レティシアは風魔法が少しだけ使える、と言っていた。

　タニアについては、まだ幼いので適性を調べてもいない。

　魔法というのは、俺が得意な氷と炎のようなわかりやすい属性魔法と、属性魔法には分類できない魔法がある。

　例えば、治癒魔法などがよく知られているが、これを使えるものはごく稀だ。

　その中でも、植物魔法となると、おそらく今のタータルで使えるものはいないだろう。

　植物魔法は、わからないことが多い魔法だったはずだ。

　もしレティシアかタニアが植物魔法が使えることが知られたら、それはそれで面倒なことになるかもしれない。

「トムには、このことは口外しないようにと伝えてあります。レティシア様は、まだなにも気づいていらっしゃらないようで、よく育っているとただ喜んでおられます」

「そうか……もう少しはっきりするまで、レティシアには知らせないこととしよう」

「はい、承知いたしました」

ジルに知られないためにも、その方がいいだろう。

レティシアたちは庭のガゼボにいるとのことで、そちらに行ってみることにした。

俺が庭に出るとすぐ、シロがこちらを向いてわん！　と吠えた。

犬を飼うのは初めてなのだが、犬とはこんなにも五感が鋭く賢いものなのだろうか。

ガゼボにはレティシアとタニアの他にも数人の使用人たちがいて一緒に茶を飲んでいた。

タニアは家令の膝に座って絵本を読んでもらっていたようだが、俺に気がつくとこちらに向かって走ってきた。

リボンで纏められたハニーブロンドの巻き毛が元気に跳ね、その後をシロがついてくる。

どうするのかと思えば、タニアは俺の目の前で立ち止まって、両手を上げた。

俺を見上げる新緑の瞳はきらきらと輝いている。

これは……抱っこ、を強請《ねだ》られているのか？

考えてみれば、俺は今まで二十九年生きてきて、子供にはほとんど接したことがない。

もちろん、抱っこなどしたこともない。

タニアが邸に来てから、家令や騎士やメイドなどに抱っこされているのを何度も目にした。

あれと同じようにすればいいはずだ。

俺は一瞬考えて、それから屈んでやるとタニアは迷わず俺の首に腕を回して抱きついてきたので、そのまま抱え上げてみた。

ぎこちない俺とは違って、タニアはこうされることに慣れているようで、すんなりと俺の右腕に腰かけるような体勢になった。

片手で簡単に支えられるくらい軽いタニアの体は、温かく柔らかい。

こうして人の体温を感じたことなど、いつ以来のことだろうか。

女を遠ざけるようになってから、俺の周りは成人男性ばかりになり、誰かと触れ合うことはなくなった。

あれだけ元気にシロと走り回るのに、こうして見るとその手足は少し力を入れたら簡単に折れてしまいそうなくらい細い。

こんなにも脆弱でありながら、俺に平気で身を預けてニコニコと笑っているのは、それだけ俺を信頼してくれていると思っていいだろう。

可愛らしい幼子に懐かれるのは悪い気分ではない。

子供とはいえ、タニアも女であるとわかっているが、それでも全く嫌悪感が湧かない。

俺の精神に深く根をはっていた女嫌いは、レティシアとタニアにより緩和されてきているのかもしれない。

タニアは俺に拒絶される可能性など考えてもいないといった様子だが、レティシアたちは心配そうにこちらを見ており、タニアが手を振ってやるとほっとした顔になった。

そのままガゼボに歩いていくと、タニアは俺の腕から降りて今度はレティシアの隣に座った。

「閣下に抱っこしてもらえて、よかったわね」

レティシアが巻き毛を優しく撫でると、タニアは満面の笑みで頷いた。

なんとも微笑ましい光景に、俺の頬も僅かに緩んだ。

タニアはクッキーを一つ食べると、シロと一緒に遊び始めた。

「またジルが来ていたそうだな」

「はい……いつものように、ただおしゃべりをして帰って行かれました」

レティシアは困ったような顔で笑った。

なぜジルが距離を詰めようとしてくるのかわからず、警戒しているのだ。

そんなところがジルの興味を惹いてしまうのだろうが、レティシアが男嫌いだということをジルにバラすわけにもいかないので、ジルが飽きるまで静観するしかない。

「閣下、タニアと植えたカモミールのお茶があるのですけど、いかがですか？　とてもいい香りなのです」

トムが急成長したと言っていたあれか。興味はある。

「ああ、いただこうか」

マリッサが手早く薄い黄色のお茶を淹れてくれた。

一口含んでみると、どこか懐かしいような花の香りがした。

特に妙なところもない、ただのお茶のようにしか思えない。

「これが植えてある畑を見せてくれるか」

「はい、ご案内します！」

レティシアが連れて行ってくれたのは、庭の片隅にある畑だった。

「こちらから蕪、人参、先ほどのカモミール、それからこの赤いお花はベゴニアという食べられるお花です」

花にも野菜にも俺は詳しくないが、どれも葉がツヤツヤと茂り、小さな白い花と赤い花が咲き乱れていて、よく育っているように見える。

これも植物魔法によるものなのだろうか。

上質な農作物を短期間で収穫できるようにするような魔法があるとしたら、それはとんでもないことだ。

「レティシア。次の夜会の後、しばらく領地に戻ることになっているのだが、其方《そなた》たちはどうする？　ここに残りたいか？」

あの劣悪なマークス子爵家からこの邸に移ってまだ数か月。

ここでの生活にもやっと慣れてきたところだろう。

タニアもいるのだし、あまり頻繁に環境を変えるのはよくないかもしれないと思ったのだが。

「まぁ！　私はてっきり、私たちも連れて行ってくださるものだとばかり思っておりましたわ！」

レティシアは碧《みどり》の瞳を丸く見開いて、俺を見た。

「ローヴァルという地域なのですよね。自然豊かなところだとマリッサから聞いています。きれいな湖や川があるとか。毎年この時期に閣下が領地にお戻りになると聞いて、私もタニアもシロも、楽しみにしていたのですけれど……連れて行って、くださいますか？」

少し首を傾げて、上目遣いをするレティシアに、俺は苦笑した。

「ああ、もちろんだ。行きたいというなら連れて行こう」

「ありがとうございます！」

瞳を輝かせたレティシアだったが、すぐにまたもじもじと上目遣いになった。

「閣下……実は、一つお願いがあるのです」

レティシアが俺になにかを強請《ねだ》るのは非常に珍しいことだ。

「なんだ？　なにかほしいものがあるのか」

「あの……領地に行ったら、乗馬を習ってみたいのですが……よろしいでしょうか」

領地の邸には、軍馬も荷馬もたくさんいる、ということを聞かされたのだろう。

レティシアは妖精姫の二つ名の通り可憐でふわふわとした外見ながら、芯が強く活発で、普通の令嬢なら見向きもしないようなことを好む。

久しぶりのお強請《ねだ》りが宝飾品でなく乗馬というのは、なんともレティシアらしいではないか。

「いいだろう。俺も乗馬はあっちで習った。田舎だから、ここより庭も広い。乗馬を練習するにはいい場所だ」

レティシアの顔が本当に嬉しそうにぱっと輝いた。

「ありがとうございます！　私、男の子のように馬に跨って乗るのが夢だったのです！」

貴族の女性は乗馬をする際、ドレスを着たまま横乗りをするのだが、レティシアはそうするつもりはないようだ。

跨る方が横乗りよりも安全だから、俺としても止める気はない。

「乗馬ができるようになったら、遠乗りに行こうか。其方《そなた》たちには珍しいものがたくさんあるだろう」

「遠乗り！　なんて素敵な響きなんでしょう！　行ってみたいです！　頑張って練習しなくてはいけませんわね」

両手を握りしめてレティシアはやる気に漲っている。

「湖に小舟を浮かべて釣りをしたり、森で食べられる茸《きのこ》や木の実を採ったり……山間の滝や、草原に行ってみてもいい。賑やかな街はないが、それ以外のものはだいたい揃っている。タニアにもいい経験になるだろう」

「そんなこともできるのですか!?　すごく楽しみですわ！」

平民がするようなことができると喜ぶ令嬢など、タータル国内ではレティシアくらいなのではないだろうか。

俺としては、すました顔をした箱入り娘より、レティシアのような元気な娘の方が好感が持てる。

抑圧された不自由な生活から解放されたのだから、したいことを好きなだけすればいい。

タニアとシロもきっと喜ぶことだろう。

その日の夜は、十日に一度の同衾の日だった。

書庫にあるローヴァルについての本を読んで勉強しているとか、汚れてもいい服を買い足すつもりだとか、実に嬉しそうに話していたレティシアだったが、寝具に包まるとすぐに安らかな寝息をたて始めた。

同衾する回数を重ねるたびに、レティシアが寝つくまでの時間が短くなっている気がする。

レティシアもそれだけ俺に心を許し、信頼を寄せてくれているのだろう。

悪い気分ではない。

そう思ったからか、俺は初めて自ら定めた境界線を侵して、白いシーツの上に広がるハニーブロンドにそっと触れてみた。

指先に伝わるのは、サラサラとした感触と温かな体温。

タニアを抱き上げた時と同じように、嫌悪感は少しも湧いてこない。

もう二度と、こうして女に触れることなどないと思っていたのだが、人生とはわからないものだ。

美しい姉妹をこれからも守ってやろうと思いながら手を引っ込めて、目を閉じた。

不思議なことに、レティシアが隣にいる夜の方がよく眠れるのだ。

第三章

毎年初夏に王城で開催されるその夜会は、一年で最も大規模なものだ。

この夜会で今年十六歳になる貴族の子弟が社交界デビューすることになる。

「其方《そなた》と参加する夜会もこれで二回目だ。前の時ほど注目されることもないだろう」

「はい、閣下。今夜はデビュタントのための夜会ですものね」

私はそこまで緊張することなく、閣下にエスコートされながら入場した。

今回はダンスをする必要もないので、私の心は数日後に向かうことになっているローヴァルに既に飛びたっている。

楽しみで楽しみで、出立が待ちきれずに荷造りをもうほとんど終えてしまったくらいだ。

今日の私のドレスは、淡いグリーンのシルクに銀糸で繊細な花模様が刺繍されたもので、髪は赤い薔薇で飾られている。

言うまでもなく、これもまた妖精姫がテーマとなっているものだ。

私としては、最初のドレスだけで十分だと思ったのだが、仕立屋のマダムは創作意欲とアイディアが溢れて止まらないらしく、妖精姫のドレスのデザイン画が際限なく増え続けているのだそうで、私のドレスはしばらくこの方向性のものだらけになりそうだ。

前回ほど注目されないとは言っても、やはりあちこちからの視線を感じる。

閣下に女性が寄りつかないようにするのも、私の大事なお仕事なのだ。

眼帯で左目を隠した美貌を見上げてにこやかに笑って、逞しい腕に抱きつくように寄り添うことで、不穏な秋波を送ってくる女性たちを牽制した。

ある程度は効果があったようだが、これくらいで諦めるような女性ばかりではない。

愛人として、もっと積極的に敵を潰さなくては。

「閣下、お仕事のお話をしなければならない方がいらっしゃるのではありませんか？　私は大丈夫ですので、行ってきてくださいませ」

閣下が渡してくれたシャンパンのグラスを受け取り、私を一人にすることを促した。

私自身を囮にして、不埒な女性を炙り出す作戦だ。

「……本当に大丈夫なのか」

「ええ。夜会には慣れておりますから、心配なさらないでください。このあたりで待っておりますね」

「……すぐ戻る」

私は心配げな閣下を笑顔で見送って、壁際に立った。

私を遠巻きにしながら、意味ありげな視線を向けたり、ヒソヒソと内緒話をしている人たちがたくさんいる。

以前なら私が一人になるとすぐに下心満載の男性たちが寄ってきたものだが、今の私は筆頭公爵家当主の愛人なのだ。

正妻ではなく日陰の身ながら、私になにかあれば閣下の機嫌を損ねることになるのは明らかだ。

特に、好奇心旺盛で噂好きの貴婦人たちは私に興味があるような素振りを見せているが、近寄ってはこない。

好奇や値踏みの視線の中に、刺すような憎悪も交ざっている。

閣下に以前フラれた女性か、閣下に憧れていた女性だろう。

さて、最初に話しかけてくるのは誰だろうか？

「レティシア・マークス子爵令嬢。少しお話しできるかしら」

そう声をかけてきたのは、直接話したことはないが、顔は知っている女性だった。

「はい、セーラ・オブライエン侯爵夫人。お会いできて光栄に存じます」

私はすらりとした長身の迫力美女にカーテシーをした。

コーウェル公爵家から嫁いでオブライエン侯爵夫人となった貴婦人で、結婚前は女性騎士をしていて、閣下とは幼馴染であり、初恋の相手は閣下だったのだそうだ。

前半は貴族名鑑からの知識で、後半はカルロスに教えてもらった情報だ。

予備知識があるおかげで、慌てず騒がずにっこりと対応することができる。

「あら、私のことを知っているのね」

「はい。公爵閣下とは、小さいころからお互いの邸を行き来する間柄だったと伺っております」

「そう。そんなこともあったわね」

切れ長の瞳がすっと細められた。

正確には、侯爵夫人は閣下の婚約者の最有力候補でもあった。

侯爵夫人は閣下に嫁ぐつもりでいたのに、閣下がすげなく断ったので、諦めてオブライエン侯爵家に嫁いだのだそうだ。

それ以来、閣下との接触はなかったとカルロスから聞いている。

「あなたは……随分と雰囲気が変わったわね。そのドレスはテオドール様の趣味なのかしら」

「このドレスは私の趣味です。閣下は、私の好きなように仕立てるといいとおっしゃいましたので。閣下には、とてもよくしていただいております」

「……変わったのはテオドール様も同じなのでしょうね」

侯爵夫人は探るような目で私を見ている。

「少し立ち入ったことを訊くようだけど、あなたとテオドール様はどのようにして親しくなったの？　あなたはいつ見ても多くの男性に囲まれていたわ。あの中にテオドール様はいなかったはずだけれど」

私たちを遠巻きにしている人々が、こっそりと耳をそばだてているのがわかる。

ここにいる全員が知りたいと思っていることを、侯爵夫人が代表して私に質問をしているようだ。

「恥ずかしながら、公爵閣下のことを夜会でお見かけして……私の方からお慕いするようになったのです」

第二王子殿下に同じようなことを訊かれた時と同じことを答えた。

「あなたの方から慕うようになった、と？」

侯爵夫人は訝しげな顔だ。

整った容姿ではあるが無表情で暴力的な威圧感を放つ『氷血公爵』に、私のようなふわふわ系令嬢が惚れるなんて考え難いことだろう。

「はい、そうです。それで、本当は許されないことだとはわかっていたのですが、こっそりとお声をかけさせていただきました」

本来、階級が下のものから声をかけることは無作法とされている。

その慣例を破ってしまうくらい、私の方から閣下に惚れ込んだ、ということだ。

詳細はぼかしてあるにしても、七割くらいは真実そのままだ。

「そう……そういうことにしておきましょうか」

しがない子爵令嬢でしかない私はともかく、筆頭公爵家当主の詳しい恋愛話をこんな衆人環視の中で根掘り葉掘り聞き出せるわけがない。

引き下がった侯爵夫人に、何人かが残念そうな顔をした。

「テオドール様は、あなたを可愛がってくださっている、ということで間違いないのね？」

「はい、間違いございません。閣下のお邸に引き取っていただいてから、夢のような毎日を過ごしております」

幸せいっぱいに笑って見せたのは、演技ではない。

閣下のおかげで、私は本当に幸せなのだから。

そんな私に、侯爵夫人は微苦笑をした。

「どうやら嘘ではないようね……それならばいいのです。あなたとテオドール様のことは、今の社交界では注目の的ですからね。口さがない方々も多くて、聞くに堪えないと思っていたのよ」

侯爵夫人は敢えて私に声をかけて閣下の愛人となった経緯を聞き出すことで、あることないこと陰口を叩かれているであろう私たちのことを擁護してくれたようだ。

成人したばかりで愛人という日陰の身となった私を蔑んでいるのかと思ったが、そんな様子もない。

さっぱりとした口ぶりもあり、格好いい大人の女性という印象だ。

「ありがとうございます、侯爵夫人」

私は心から礼を言った。

それに侯爵夫人がなにかを返そうとした時、

「お姉様！」

聞き覚えのある甲高い声が割り込んできた。

「ロザリー」

そういえば、この異母妹もこの夜会でデビューしたのだった。

「お久しぶりです、お姉様。会いたかったわ！」

現れたロザリーの瞳は、口にした言葉とは正反対で憎しみに燃えていた。

「お姉様ったら、酷いですわ。私、何度もお手紙をお送りしたのに、お返事をくださらないんですもの。今日のドレスだって、お姉様にも一緒にデザインを考えてほしいと思っていたのに！」

見ると、ロザリーが着ているデビュタントを示す白いドレスは、私が二年前に着たのを仕立て直したものだ。

新しいドレスを新調する余裕がなかったのだろうが、甘やかされたロザリーにはお下がりのドレスでは不服だったらしい。

それにしても、デビューしてもロザリーはこんななのか。

「ねぇお姉様、私」

「ロザリー。私が今どなたとお話ししているのか見えないの？」

私の目の前には、明らかに高位貴族の貴婦人がいるというのに。

侯爵夫人も僅かに眉を顰め不快感を表している。

「だって、お返事をくださらないお姉様が悪いのではないですか！　お姉様があまりにも突然いなくなってしまわれたから、お別れすら言えませんでしたのに」

「私にも事情があったのよ」

「わかっていますわ。あの『氷血公爵』に脅されて、無理やり愛人にされてしまったのでしょう？

大事なお姉様が酷い目にあわされているかと思うと、私本当に悲しくて」

「そんな事実はないわ！　憶測でものを言ってはいけないと、いつも言っているでしょう！」

即座に否定したが、またヒソヒソ話がいたるところで始まった。

せっかく侯爵夫人が手を貸してくれたというのに、このままでは台無しになってしまう。

「あなたが言ったことは、全てあなたの思い込みよ。私は、自分の意志で閣下にお世話になると決めたの！　閣下にはとてもよくしていただいているのよ。その証拠に、ほら見て？」

私はふわりとドレスの裾を広げて見せた。

「きれいでしょう？　このドレスは、今日の夜会のためだけに閣下が新調してくださったのよ。『芽吹きの季節の妖精姫』というテーマなのだそうよ」

私がマークス子爵家にいたころに着ていたドレスよりも明らかに上質で品のいいドレスで、もちろん価格だって段違いだ。

「私は今とても幸せなの。閣下には心から感謝しているのよ。だから、ね？　閣下のことを悪く言うことは、いくらあなたでも許さないわよ」

私は笑顔でロザリーを威圧した。

優しい閣下を侮辱されて、本気で腹が立っているのだ。

侯爵夫人以外の貴族たちも眉を顰めてロザリーを見ているが、怒り心頭のロザリーはそれに気がついていない。

「あなた、お父様かお義兄様にエスコートされて来ているのでしょう？　きっと探していらっしゃるわ。もう戻りなさい」

早く立ち去ってくれないと、また余計なことを言い出すかもしれない。

それに、ロザリーを探して元家族がやってくることも考えられる。

もう二度と顔も見たくないというのに、迷惑なことだ。

「でも、もっとお姉様とお話がしたいの！」

「ロザリー、戻りなさいと言っているのよ」

「嫌よ！　お姉様と一緒にいるわ！」

追い払おうとするが、ロザリーはなおも私に詰め寄ろうとする。

ロザリーの耳障りな声は会場によく響き、更に注目を集めてしまう。

マズい。これはよくない。

「レティシアさん。ここで騒がれては面倒なことになるわ。バルコニーに移動してはどうかしら」

私に囁いたのは、侯爵夫人だった。

「大丈夫よ。私も同席するから」

「ですが、侯爵夫人にそこまでご迷惑をおかけするわけには」

「私は自分の身くらい自分で守れるわ。それに、私はテオドール様には幸せになってほしいと思っているのよ」

ロザリーのせいで閣下の評判が地に落ちてしまうのを避けたいのは、私も侯爵夫人も同じなのだ。

「では、申し訳ありませんが、お言葉に甘えさせていただきます。ロザリー！　こちらにいらっしゃい。ゆっくり話をしましょう」

私がバルコニーに出ると、ロザリーは素直についてきた。

その後から侯爵夫人が出てきて扉を閉めると、夜会の喧噪から私たち三人だけが切り離された。

ここなら多少大きな声で話しても、他に聞こえることはない。

少し肌寒い夜風に不穏な空気が混ざる。

「それで？　なにか話したいことがあるの？」

「ええ、たくさんありますわ！」

人目が少なくなったからか、ロザリーは憤怒の表情を隠さなくなった。

「どうしてお手紙に返事をくれなかったの!?」

「だって、書いてあるのはお金の無心ばかりですもの。返事をする気にもならないわ」

私宛に実家から送られてきた手紙は、全て遠まわしに金銭的援助を願う内容のものばかりだったので、全て無視して焼却処分にしてある。

閣下もマークス子爵家に良い印象を持っておらず、それを黙認してくれている。

「そんな！　家族が困っているというのに、冷たすぎるわ！」

「では逆に訊くけれど、どうしてお金が貰えると思うの？　私をどのように扱っていたか忘れたわけではないでしょう？　もう手紙なんて送ってこないでね。迷惑だから」

「迷惑だなんて！　私たち、姉妹じゃないの！」

「私はあなたを妹だなんて思ったことは一度もないわ」

私の妹は、タニアだけなのだから。

タニアとシロだけが私の家族だ。

「私も公爵閣下も、あなたたちに援助するつもりはないわ。諦めて他をあたるようにお父様にも伝えておきなさい」

ロザリーは母親そっくりの顔で私を睨みつけた。

「ズルい……ズルいわ！　あんたばっかりそんなきれいなドレスで！　私は、こんなお下がりのドレスでデビューしなくちゃいけないなんて、あんまりよ！　あんたがドアニス男爵から逃げたから、こんなことになったんじゃない！　責任とりなさいよ！」

薄くかぶっていた猫の皮も剥がれてしまって本性が丸出しになった。

相変わらず礼儀作法がなっていない。

一方、侯爵夫人はといえば、少し離れた位置から私たちをじっと観察している。

ロザリーのことは呆れているだろうが、私にはどんな評価をつけるのだろうか。

「なにを勘違いしているのか知らないけど、責任をとるのはお父様よ。お父様が頼りないから、マークス子爵家にはお金がないの。文句ならお父様に言いなさい。とにかく、私にはもうなんの関係もないことよ。私にも公爵閣下にも、二度と関わらないで。今後、公爵閣下のことを悪く言うことは私が許さないわ。よく覚えておくのね」

こんなことを言っても、ロザリーは納得なんてしないだろう。

自分の立場も私の気持ちも、相変わらずなにもわかっていないのだ。

「あなた、今夜デビューなのでしょう？　こんなところにいていいの？　ダンスホールに戻らないと、素敵な殿方とは出会えないわよ？」

ここでロザリーは泣きそうに顔を歪めた。

「皆……私を見て、がっかりした顔をするの。これが妖精姫の妹かって、そう言われるのよ！」

今更そんなことを言っているのか、と溜息をつきたくなった。

「社交界なんてそんなものよ。女性は外見だけで判断されることも多いわ。そんなことも知らなかったの？　お父様はそれを利用して、私を高く売り飛ばそうとしていたんじゃないの」

ロザリーの抱えるコンプレックスは、私にはどうしようもないことだ。

本人が頑張って乗り越えるしかないのだ。

「私と比べられるのが嫌なら、泣き言言ってないで自分で努力なさい。ここにいても時間の無駄よ。もうお父様たちのところに戻りなさい」

私もそろそろ戻らなくては。閣下が探しているかもしれない。

「お見苦しいところを見せてしまい、申し訳ございませんでした」

俯いたまま動かないロザリーに私は見切りをつけて、侯爵夫人を促して先に会場に戻ることにした。

ところが、それで終わりではなかった。

横を通り過ぎようとした私に、ロザリーは手にしていたグラスのワインをぶちまけたのだ。

ワインは私の顔から胸のあたりにかかり、淡いグリーンの生地に赤いシミができてしまった。

「なんということを！」

あまりのことに声も出ない私の代わりに、侯爵夫人が怒りの声をあげた。

「レティシアのくせに、いらない子のくせに！　自分だけ幸せになるなんて許さないんだから！」

ロザリーは捨て台詞を吐いて、足音高くバルコニーから出て行った。

侯爵夫人が見ているというのに、こんなことをするなんて本当になにを考えているのやら。

「それではもう会場には戻れないわね。このまま控室に行きましょう。送って行くわ」

「いえ、侯爵夫人にそこまでしていただくわけにはまいりません。お気持ちだけで十分です」

「私が、もう少しあなたと話したいのよ。さ、行きましょう」

こう言われると、断ることもできない。

私たちは会場には戻らず、バルコニー伝いに人気の少ない通路を選んでエデルマン公爵家の控室に向かった。

「なにか事情があるようね」

「はい……お恥ずかしながら、その通りです」

「テオドール様はご存じなの？」

「はい。閣下には全部お話ししてあります。その上で、閣下は私を受け入れてくださったのです」

「そう。ドアニス男爵の名前が出ていたのは？」

「まだ公表されておりませんでしたけど、私はドアニス男爵と婚約しておりました」

「よりにもよって、あのドアニス男爵とは……だからテオドール様は強引にあなたを連れ去ったのね」

「はい。そうしていただくように、私からお願いしました」

「あなたも苦労していたのね」

侯爵夫人にはいたく同情されてしまったようだ。

社交の場で、女性にやっかまれたり嫌味を言われることはあっても、同情されることなど初めてだ。

高位貴族らしい貫禄に、聡明さと懐の深さを併せ持つ侯爵夫人。

できることなら仲良くなりたいものだが、日陰の身である私では無理だろう。

残念なことだ。

それにしても……急に暑くなってきたのは気のせいだろうか。

「あら？　どうしたの？　あなた、顔が赤いのではなくて？」

言われて頬に手をやると、確かに熱くなっている。

そして、ただ歩いているだけなのに息が切れて、頭がぼーっとしてきた。

「なんだか……暑いのです。どうして……」

急に体から力が抜けて、立っていられなくなった。

床に崩れ落ちそうになったところを、厳しい顔をした侯爵夫人にさっと支えられた。

嫋やかな貴婦人なのに意外にも力が強い。

そういえば、結婚前は女性騎士だったと聞いた。

フィオナみたいだったのかな……恰好よかったんだろうな……

「控室はもうすぐよ。頑張って歩いて」

「はい……」

私は頭がグラグラするのを必死で支えながら、引きずられるように歩いて、なんとかエデルマン公爵家の控室までたどり着いた。

今夜の控室にはカルロスとリーシアがいる。

私はすぐに寝台に寝かされ、侯爵夫人とカルロスたちがなにか話し始めた。

どうやら侯爵夫人は、ロザリーとのことを説明しているようだ。

暑い。息苦しい。体の奥の方で変な感じがする。

なにが起こっているのかわからないまま、私は寝台の上で身もだえていた。

◆

付き合いのある家門の貴族や騎士たちと会って必要最低限の用事を済ませたところで、ジルに見つかってしまった。

「テオ！　レティシアちゃんは一緒じゃないの？」

「ああ、向こうの方にいるはずだ。もう戻るところだ」

「僕も行くよ。今夜も妖精姫のドレスを着ているらしいね。是非見ておかないと！」

あの緑色のドレスは、レティシアによく似合っていた。

俺の愛人だということは知られているから、変なのに絡まれたりはしないと思うが、それでも心配だ。

やや速足で歩き出したところ、

「あれ？　カルロスがいるよ？」

ジルが指さした方向に目を向けると、俺を探しているらしいカルロスを見つけた。

手を振ってやると、カルロスは青い顔をして走り寄ってきた。

何事かあったらしいということはこの時点でわかっていたが、カルロスに耳打ちされた内容に、俺は自分の顔色が変わるのがわかった。

控室には、リーシアとなぜかセーラがいた。

「レティシアはどうした！」

「落ち着いて。寝室に寝かせてあるわ」

リーシアではなくセーラが答えた。

「最近、経口摂取ではなくても、肌に触れるだけで効果の現れる媚薬が出回っているでしょう。レティシアさんは、それを浴びせられたようだわ」

「誰がそんなことを！」

「ロザリーとかいう、レティシアさんの妹よ」

冷静なセーラに、ついカッとなった。

「其方《そなた》もその場にいたのか！　なのに止められなかったのか！」

「テオ！　やめろ！　セーラはもう騎士じゃないんだ！　セーラを責めるのはお門違いだろ！」

頭に血が上ってセーラに迫りかけたところに、俺を追ってきたジルが割って入った。

「本当に、あの薬で間違いないのか」

「ええ。レティシアさんは会場に来てから、あなたと一緒に飲んだシャンパン以外は口にしていないそうだから、他に考えられないわ」

なんということだ。

よりにもよって、あの媚薬だなんて。

レティシアになんということをしてくれたのだ！

「それで、レティシアちゃんはどんな様子？」

「まだ意識は保っていらっしゃいます」

そう答えたのは、カルロスと同じように青い顔をしたリーシアだった。

「レティシアちゃんには災難だったけど、あの薬だったのは不幸中の幸いだよ。あの薬を中和する方法は、テオも知ってるでしょう？　こうなったのはもうしかたがないから、ささっと済ませておいでよ」

あの薬を中和する方法。

それは俺だって知っている。

知っているが、その方法は……

「どうしたの？　早くしないと、長引かせたらレティシアちゃんが可哀想だよ」

俺もそう思う。

早く苦しみから解放してやらないとと思うのに、体が動かない。

「テオ？　なにをぐずぐずしてるんだよ？」

「旦那様！」

ジルを遮って声をあげたのは、カルロスだった。

「ジルヴェスター様に、口の堅い侍従か騎士を貸していただきましょう」

カルロスの声は震えていた。

「え？　なんで？　それ、どういう……って、まさか！」

怪訝な顔をしたジルだったが、すぐにカルロスが言ったことを理解したようだ。

「そうだ。レティシアは……まだ、純潔のままだ」

「えええ⁉　だって、レティシアちゃんを囲って、もう半年くらいになるよね⁉　レティシアちゃんも、すごく幸せそうにしてたのに！」

「あなたの女嫌いが治ったのではなかったのですか？」

ジルとセーラが驚愕の表情でなにか言っているが、今の俺にはそれに応える余裕はない。

「旦那様、早くしないと、このままではレティシア様が……」

わかっている。わかっているが……

「テオドール様！　事情があるにしても、今は迷っている時ではありません！　ジルヴェスター様にどなたか貸していただきましょう。それとも、ジルヴェスター様にお願いしますか？」

ジルにお願いする、だと？

ジルが、あの柔らかなハニーブロンドに触れるのか？

あの妖精姫のドレスを脱がせて、その下に隠された白い肌を暴くのか？

「殿下に、なにをお願いするのですか？」

弱々しい声のした方にはっと顔を向けると、寝室に続く扉に縋りつくようにレティシアが立っていた。

赤い顔をして、苦しそうに肩で息をしている。

「なにが起こっているのですか……教えてください、私は、どうなるのですか」

乱れて顔にかかった髪の間で、碧《みどり》の瞳が不安げに揺れる。

「レティシアさん、落ち着いて聞いてください。あなたは、媚薬に侵されています」

冷静に口を開いたのは、やはりセーラだった。

「び、やく……？」

「その薬を中和するには、男の精を胎内に取り込む必要があります」

「……え」

レティシアの瞳が零れ落ちそうなほど大きく見開かれた。

「そうする以外に方法はありません。犬に噛まれたと思って、受け入れてください。でないと、あなたは」

「嫌よ!!」

セーラの話の途中で、レティシアは驚くほど大きな声で叫んだ。

「嫌！　絶対に嫌！　嫌だったら嫌！　そんなことするくらいなら、このままでいいわ！」

喉が張り裂けそうな拒絶だった。

「落ち着いてください、レティシア様」

「嫌！　触らないで！」

一番近いところにいたカルロスが手を差し伸べようとしたが、それも顔を嫌悪に歪めて避けて、床に蹲ってしまった。

「嫌がられるのは承知の上。早く手を打たないと、症状は酷くなる一方です。どうなさいますか、テオドール様」

男嫌いのレティシア。

薬を中和するためとはいえ、知らない男に体を開かれたりしたら、どれだけ辛い思いをすることだろう。

命は助かっても、心は死んでしまうかもしれない。

タニアたちを守るために、一歩も引かずに俺と対峙したレティシア。

使用人たちと屈託なく笑い、ほんの些細なことで喜ぶレティシア。

俺の隣で、安心しきってぐっすりと眠るレティシア。

愛情と優しさと、強さと度胸を小さな体に秘めたレティシア。

もしその心が死んでしまったら、もう俺に笑いかけてくれることはなくなってしまうのか。

「もういい。僕の侍従を呼んでくる。信用できるやつだから」

「待て！」

痺れを切らして、控室を出て行きかけたジルを止めた。

「……俺が、なんとかする。誰も呼ばなくていい」

「それでいいんだな、テオ」

「ああ。レティシアは、俺のものだ。俺以外が触ることは許さない」

俺は覚悟を決めた。

レティシアを本当の意味で救えるのは、同じ寝台で眠れるくらい心を許されている俺だけだ。

俺は蹲ったままのレティシアを抱え上げた。

タニアほどではないにしても、とても軽く細い体だ。

「嫌です！　閣下、お願いです、放してください！」

暴れて逃れようとするのを、力ずくで押さえつけた。

「レティシア！　このままでは、其方《そなた》は死んでしまうのだ！」

「それでもいい！　こんなことするくらいなら、死んだ方がマシだわ！」

泣きながら拒絶するが、聞いてやるわけにはいかない。

「いい加減にしろ！　其方《そなた》が死んだら、タニアはどうなる！　タニアを一人残して、死ぬというのか！」

レティシアの抵抗が止んだ。

「其方《そなた》はタニアを助けるために、俺に身売りをしたのではなかったのか！　俺に凌辱されて殺されるくらいの覚悟をして！　違うか！」

小さな声でタニア、と呟いたのが聞こえた。

今のうちに、とレティシアを寝台に運んで仰向けに転がした。

「この薬は、中和しなければ体温が上がり続けて、最終的には死んでしまうのだ。中和の方法は、さっきセーラが言った通り、男と交わるしかない。逆に言えば、そうすれば其方《そなた》は助かるのだ。タニアのために生きるというなら、少しの間だけ我慢しろ」

上着や靴を脱ぎ捨て、シャツとトラウザーズだけになってから寝台に乗り上げた。

「閣下……」

レティシアの瞳から次々と涙が零れ落ちる。

「大丈夫だ。俺に任せておけ」

とは言ったものの、実は俺も非常に緊張している。

できるかどうか、ということ以前に、俺はほとんど経験がないのだ。

俺が十代半ばになった時、閨教育が始まった。

数回実地指導を受けたところで両親が亡くなってそれどころではなくなり、そのすぐ後に女嫌いになってしまった。

だから、最後に女の体に触れたのはもう十年以上前のことで、それ以来一度もそういうことはしていない。

考えることすら避けていたくらいだ。

だからといって、今更後には引けないし、他の男に任せるつもりもない。

記憶を頼りに、とりあえずドレスのスカート部分を捲ってみた。

この下着は……確かドロワーズというのだったか。

紐を緩めて脱がそうとしたところ、肌に直接触れてしまったせいか、またレティシアが暴れ出した。

「待って、ください！　お願いです……いや！　やめて！　いやあああ！」

「レティシア！　落ち着け！」

シーツを蹴って必死で俺から離れようとするのを、上から体重をかけて押さえつけた。

「頼むから受け入れてくれ。其方《そなた》を助けるためなのだ」

レティシアは顔を歪めてしゃっくりをあげながら泣いている。

いつもは快活で、時に芯の強さを垣間見せるのに、今は無理やりに手折られて萎れた花のような風情だ。

それを見て胸が痛むのは、可哀想だと思うからなのか、俺自身を拒絶されていると思うからなのか。

「レティシア、泣くな」

思わずその濡れた目元にキスをしてしまった。

細い体がびくっと震え、逆効果だったかと即座に後悔したが、意外にもレティシアは抵抗することはなかった。

「は……閣下……」

宝石のように輝く碧《みどり》の瞳は、媚薬による熱と涙で潤んでいる。

「レティシア」

「あの日……父は……私の目の前で、サーシャを……」

乱れて苦しげな息の間で紡がれた言葉の悍ましさに、俺は息をのんだ。

サーシャというのは、レティシアのメイドで、タニアの母の名だったはずだ。

「父が、突然……離れにやってきて……サーシャを……私は、止めようとしたのです……でも、振り払われて……棚の角で頭をぶつけてしまって……痛くて……血がたくさん出て……サーシャが悲鳴をあげているのに、動けなくて……怖くて……見て、いることしか……できなく、て……」

これが、レティシアが男嫌いになった理由か。

なんとむごいことを……！

「気がついたら……父は、いなくなっていて……サーシャは……ボロボロで……二人とも、動けなくて……抱き合って、泣くことしか、できなくて……ゲルダが」

「もういい！　わかったから！　もう思い出すな！」

俺はレティシアの小さな顔を両手で挟んで、碧《みどり》の瞳を俺に向かせた。

「よく見ろ！　俺は其方《そなた》の父ではない！」

「閣下……」

「俺は、其方《そなた》を傷つけるようなことはしない！　わかるだろう？」

「はい……閣下は、お優しい方……」

レティシアの震える小さな手が伸ばされ、俺の頬にそっと触れた。

「これから行うのは、治療行為だ。風邪をひいた時、薬を飲むのと同じことだ。其方《そなた》の体を治すのに、必要なことなのだ」

事実ではあるが、詭弁でもある。

そう思いながらも、俺は言葉を重ねて説得した。

「これを行ったところで、其方《そなた》が汚れることはない。其方《そなた》はきれいな妖精姫のままだ。妹思いの、優しいレティシアのまま、なにも変わることはない。ちゃんと治療したら、明日には邸に帰れる。タニアもシロも其方《そなた》を待っている」

「タニア……シロ……」

「早く帰って、会いたいだろう？　治療を受け入れるんだ」

「はい……閣下……ごめんなさい……ごめんなさい……」

「謝るな。其方《そなた》は、なにも悪いことをしていないのだから……すぐ終わらせる。じっとしていろ」

レティシアは涙を流しながらも、素直にこくりと頷いて、俺は胸を撫でおろした。

力ずくで無理やり、というようなことは避けられそうだ。

改めて、俺はスカートを捲り上げて、中のドロワーズに手をかけた。

またびくりと細い体が震えたが今度はそれ以上の抵抗はなく、思い切って薄い布でできた下着を引き下ろして秘められた箇所を露わにした。

細くしなやかな両脚は熱を帯びてしっとりと汗ばんでおり、そっと左右に広げるとその間がよく見えるようになった。

俺は必死に十年以上前の閨教育のことを記憶の底から発掘しながら、これからどうするかを考えた。

ここで俺がもたもたしたり、動揺したりしたら、レティシアにも伝わってしまうだろう。

とにかく手早く、間違いなく済まさなくてはいけない。

そっと秘部に触れてみると、そこは既に蜜が溢れている状態だということがわかった。

媚薬に侵されているのだから当然なのだが、これなら準備は手短に終えられそうだ。

膣口はすぐに見つかった。

ただ、指を一本挿れることすら躊躇われるくらい小さい。

レティシアはやっと成人したばかりの少女で、大柄な俺とは体格差もある。

本来ならじっくりと時間をかけて慣らしてあげないといけないのだろうが、残念ながらこの状況ではそうもいかない。

「指を挿れるからな」

レティシアは両手で顔を覆って頷いた。

そっと指を挿れてみると、そこは驚くほど熱かった。

ゆっくりと第二関節くらいまで挿れてから、探るように動かしてみた。

「んんっ……」

レティシアが押し殺した声をあげ、蜜が溢れてきた。

媚薬のせいで、ここの感覚が鋭敏になっているようだ。

痛がってはいないようなので、そのまま指を根本まで埋めて、そっとかき回してやると、細い腰が揺れて更に蜜が溢れてきた。

この蜜は、レティシアが快感を感じている証のはずだ。

これだけ溢れているということは、痛みは感じていないと思っていいのだろう。

指を二本に増やして先ほどと同じようにかき回すと、レティシアの体が震えながらのけ反った。

「あ……あぁ……ん、はぁ……あぅ……」

もう声が我慢できないらしく、甘く喘いでいる。

しばらくそれを続けていると、

「ああっ……もう、ダメ、閣下、あ……あっ……あああっ！」

喘ぎの中に切羽詰まったような響きが加わったと思うと、俺の指がぎゅっと締めつけられ、レティシアの体が大きく跳ねた。

どうやら絶頂に達したようだ。

熱い襞がねっとりと指に絡みつきながら、断続的に締めつけてくる。

ここに陰茎を挿れたら、さぞ気持ちがいいことだろう。

指も二本入ったことだし、そろそろ次の段階に進めてみよう。

俺の方も……なんとかいけそうだ。

トラウザーズの前を寛げると、レティシアの痴態に反応して硬くなったそれがぶるりと外に飛び出した。

女に欲情するなど、自分でも驚きだった。

女嫌いなのは今も変わらないのだが、レティシアだけは俺も知らない間に別枠になっていたようだ。

おそらく喜ばしいことなのだろうが、今はそのことについて深く考える時間はない。

とにかく早く終わらせなくては。

「挿れるぞ。痛むかもしれないが、堪えてくれ」

たっぷりと蜜で潤い、絶頂の余韻でひくついている膣口に先端をあてがうと、ぐっと中に押し込んだ。

「あぁぁっ……！」

「う……」

レティシアが声をあげてのけ反り、俺は熱く締めつけてくる粘膜の感触に呻き声をも漏らしてしまった。

想像以上に気持ちがいい。

一気に奥まで突き込んでしまいたくなるのを堪え、ゆっくりゆっくりと腰を進めていく。

「あっ……あぁっ……んん、閣下……や……怖い……」

口では怖いとは言い涙を流しながらも、襞は積極的に絡みついてくる。

「大丈夫だ……怖いことは、なにもない」

その感触にこちらも息を乱されながら、宥めるように濡れた頬にキスをした。

根本までずっぽりと埋め込んで、ぐっと奥を押し上げてやると、レティシアはそれだけで再び達したようだ。

「ああああっ！」

白い喉を可哀想なくらい反らせて嬌声をあげて、襞が蠢《うごめ》きながら陰茎全体を締めつけ刺激してくる。

俺も我慢の限界だった。

できるだけ乱暴な動きにならないように注意しながら腰をつかい始めると、俺の下でレティシアが甘く乱れる。

細い腰ががくがくと震え、締めつけは止むことがない。

もしかしたら達し続けているのかもしれないが、もう俺にも余裕がない。

腰の動きが自然と早くなり、室内に湿った肉がぶつかり合う音が響く。

レティシアはのけ反ったまま、もう声すらあげることができずに震え続けている。

射精感がこみ上げてきた。

もう少し愉しみたい、という欲望をなんとか理性でねじ伏せて、一番奥まで突き込んだところで射精した。

「……ぐ……は……」

女嫌いになってから、たまに機械的に自慰で処理をしていたのだが、同じ射精でもそれとは次元が違う快感で、腰が溶けてしまうかと思うほどだった。

襞は一滴でも多くの精を搾り取ろうとするかのように蠢《うごめ》き、奥にぶちまけられた精をごくごくと飲み干している。

長く続いた射精がやっと終わり、肺に溜め込んでいた空気を吐き出した。

「レティシア」

名を呼んでみたが、反応がない。

どうやら気を失ってしまっているようだ。

だというのに、膣はそこだけ別の意志を持っているかのように蠢《うごめ》いて更に絡みついてくる。

まだ足りない、と強請《ねだ》られているように思えて、俺の分身はまた硬さを取り戻してしまった。

（一度だけだと中和に足りないかもしれない。念のため、もう一度精を注いでおいてもいいだろう）

俺は自分に言い訳しながら、再び律動を開始した。

我ながら獣のようだと思いながらも、腰の動きが止められない。

脳髄が痺れそうなほど気持ちがよくて、吐息が漏れる。

整髪料で整えられていた前髪が額にかかり、汗がぽたりと落ちた。

レティシアに負担をかけてはいけないと、あまり奥までは挿れないように気をつけて、熱い泥濘をしっかりと堪能した。

果てはすぐに訪れ、最後だけは奥まで深く挿入してそこで思い切り射精した。

二度目だというのに、かなりの量が出ているのがわかり、自分でも呆れてしまうほどだった。

快楽に乱れた息を整えながら、レティシアの様子を観察した。

紅潮したままの頬には、幾筋もの涙の跡。

さっきまでは苦しげに浅い呼吸を繰り返していたが、今はゆっくりと穏やかに胸が上下している。

二度も大量に精を注いだのだ。

中和は完了したとみていいだろう。

俺は名残惜しいという気持ちを抑え、そっとレティシアの細い体から離れた。

ずるりと分身を引き抜くと、赤いものが混ざった精液が中から溢れ、ドレスを汚していった。

レティシア。

明日の朝目覚めた時、なにをどう思うのだろうか。

また泣くのだろうか。

命を救うためだったとはいえ、純潔を奪った俺を許してくれるだろうか。

また俺に笑ってくれるだろうか。

守ってやろうと思っていたのに、俺のなんと不甲斐ないことか。

帰ったらシロに噛まれてしまうかもしれない。

「レティシア……すまなかった」

そっと額にキスをして、ドレスの裾を整えてから隣の居室に向かった。

居室では、ジルが青い顔をしたまま待っていた。

俺が完遂できなかった時のために、控えていてくれたのだろう。

「テオ！」

「レティシアはもう大丈夫だ。リーシア、頼む」

リーシアは一礼して、さっと寝室に入っていった。

レティシアはリーシアに任せておけば大丈夫だ。

俺は別のことをしなくてはいけない。

「ジル。マークス子爵家を潰すぞ」

俺の中には冷たい怒りが渦巻いている。

レティシアを傷つけたことを、必ず後悔させてやる。

◇

目を開くと、見覚えのない天井が見えた。

（ここはどこだろう……）

再び目を閉じて、記憶を探る。

（なにがあったんだっけ。私は、閣下と夜会に出て……セーラ・オブライエン侯爵夫人と話をして……ロザリーがうるさくて……ロザリーが……）

そこでぼんやりとしていた意識が完全に覚醒した。

がばっと跳ね起きて、自分の体を見下ろすと、これも見覚えのない寝間着が着せられている。

（体が熱くなって……息が苦しくて……体中が変な感じがして……それから、閣下が……閣下が……）

輝く紅玉の瞳が、仰向けになった私を見下ろしていた。

燃えるような熱にうかされ、体が粉々になってしまいそうなほどの快楽が駆け抜けていった。

それも全て、閣下が、私の体内の媚薬を中和するために……

「レティシア様！」

駆け寄ってきたのはリーシアだった。

「お体の具合はいかがですか？　どこか痛いところは？」

「……ここは、どこ？」

「王城にある公爵家の控室です。昨夜のことを覚えていらっしゃいますか」

「……覚えているわ」

全部覚えている。

ロザリーに媚薬入りワインをかけられた後、侯爵夫人が媚薬を中和する方法を教えてくれた。

それは私には耐えがたい方法で、死んだ方がマシだと思ったのに、閣下がタニアとシロのことを持ち出すものだから、受け入れるしかなかった。

なんてこと……！

「レティシア様がお休みの間に、お医者様に診ていただきました。薬はもう完全に抜けております。他に悪いところもないとのことでしたよ」

涙がぽろぽろと零れてシーツを濡らしていった。

「私……閣下に……」

「大丈夫ですよ、レティシア様。大丈夫ですよ」

リーシアは私を温めるようにぎゅっと抱きしめてくれた。

「もうなにも怖いことはありません。安心してください。全部、大丈夫ですからね」

リーシアは私の背中を撫で、優しい声で子守歌を歌うように言い聞かせた。

大丈夫だ、と繰り返すリーシアにしがみついて、私は小さな子供のように泣き続けた。

どうやら泣きながら私は眠ってしまったらしく、再び目を覚ますと、そこには閣下がいた。

「閣下……」

「起きたか」

寝台から少し距離を置いて椅子に座った閣下の顔色は悪い。

「体の具合はどうだ」

「……平気、です。少し怠いですけど、それだけです」

「そうか」

ぎこちない会話が途切れ、室内に沈黙が満ちた。

閣下の顔は青白く、とても疲れているように見える。

どう考えても私のせいだ。

「閣下……ごめんなさい」

また涙が溢れてきた。

「ごめんなさい、私のせいで……閣下に、ご迷惑を……」

「やめろ。謝るなと言っただろう。其方《そなた》はなにも悪いことはしていない」

「でも……私、閣下のお役に立つと、約束したのに……」

役に立つから私を買ってくれ、と交渉したのに。結局は迷惑をかけてしまった。

女嫌いの閣下があんなことをするなど、どれだけ苦痛であったことだろう。

「ごめんなさい、閣下……ごめんなさい……私、愛人失格です……」

「なにを言っているんだ。むしろ、愛人合格ではないか」

合格？　どうしてそんなことになるの？

「其方《そなた》も知っているように、俺は女嫌いだ。だが、昨夜、媚薬に侵されている其方《そなた》を、見殺しにもできなかった。カルロスには、誰か他の男に任せるようにと言われたのだが、それもできなかった。そんなことをしたら、きっと其方《そなた》の心が壊れてしまうと思ったのだ」

他の男に任せる？　ということは、昨日閣下が私にしたことを誰か別の男性がする、という可能性もあったということ？

「嫌です！　他の、男性なんて！」

考えただけで、鳥肌がたって体が震えてしまう。

「私、閣下じゃないと……閣下じゃなかったら、きっと私は今ごろ正気を失っていました」

「落ち着け。やはり、俺が中和したのが正解だったようだな」

閣下は少し紅玉の瞳を細めた。

「もう十年以上、女を抱くことなど考えることもなかった。考えることすら避けていた。だが、昨夜、俺は……其方《そなた》なら、抱けると思った。其方《そなた》ならきっと大丈夫だと思ったのだ。そして、その通りだった」

私は目をぱちぱちと瞬いた。

「閣下……私と、あのようなことをするのは……嫌ではなかったのですか？」

「嫌ではなかった。いつもなら、少し想像するだけでも嫌な気分になるのだが、昨夜は全くそんなことはなかった。其方《そなた》は、俺の中で他の女とは違う分類になっているようだ」

「違う分類……」

それは、どのような……？

「愛人とは本来、主人と情を交わすものだろう。酷い状況ではあったが、其方《そなた》はついに本物の愛人になったわけだ。愛人失格なわけがない」

「閣下……」

閣下はどこか嬉しそうだ。

本当に嫌ではなかったらしい。

それなら……よかったのかな？

「それより、其方《そなた》のことだ」

「私のことですか？」

「媚薬を中和するためだったとはいえ、其方《そなた》にとっては苦痛だっただろう」

一転して、閣下は苦い顔になった。

後悔や苦悩の色が紅玉の瞳によぎる。

「最初は、とても嫌でした。侯爵夫人に、他に方法がないと言われても、それくらいなら死んだ方がマシだと思いました。でも、タニアを置いて逝くわけにはいかなくて……頭ではわかっていたのですけど、どうしても嫌で、暴れてしまいました」

あの時は、苦しくて、怖くて、涙が止まらなかった。

「でも……私は、閣下がお優しい方だということをよく知っています。閣下は、父のように卑劣な方ではありません。閣下のことは、心から信頼しております。だから……受け入れることができました。もし、閣下じゃなかったら、あの状況でも、無理でした」

「そうか……」

「嫌では、ありませんでした。閣下だったからです。なのに、たくさん泣いてしまって、ごめんなさい……」

「いや、いいのだ。其方《そなた》が、嫌でなかったのなら。俺は、其方《そなた》の心の傷が深くなっているのではないかと、それを心配していたのだが」

「それは……ないと思います。今でも混乱はしていますし、不本意であったことも否定しませんが……結果的に、愛人合格と言っていただけるようになったのなら、それでもいいと思えるくらいですから」

愛人になると決めた時点で、純潔を失う覚悟くらい決めていたのだ。

ただ、閣下に囲われて半年ほど経っても、全くそういった雰囲気にはならないままだったので、すっかり油断してしまっていた。

純潔を奪ったのが他ならぬ閣下だったのだから、文句を言うつもりなどない。

「レティシア」

閣下が掌を上に向けて、私に向けて手を差し出した。

私はその大きな掌の上に、そっと自分の手を乗せた。

「俺に触れるのは、嫌ではないか？」

「いいえ、嫌ではありません。閣下は？　私に触れるのは、嫌ではありませんか？」

「嫌ではない。思えば、なぜか最初から其方《そなた》には嫌悪感が湧かなかった。やはり其方《そなた》は面白い女だ」

「今でも、私を買ってよかったと、思ってくださいますか？」

「思っているよ。俺の人生で一番いい買い物だった」

閣下にそう思ってもらえるなら、とても嬉しい。

私が頬を緩めると、閣下も微笑んでくれて、握っているのと逆の手で私の涙を拭ってくれた。

「体が大丈夫なようなら、邸に帰ろうか。タニアとシロが心配していることだろう」

「はい……早く、帰りたいです」

そう言って初めて、エデルマン公爵邸が私の帰る場所になっているのだと実感した。

ロザリーのせいで思わぬ被害を被ってしまったが、それが大きな変化を齎《もたら》した。

私と閣下の心の中も、私と閣下の関係も以前とは違ったものになりつつある。

私は自分の男嫌いが治ると思っていなかったし、治そうとも思っていなかった。

一方、閣下の女嫌いに関しては、できれば治してあげたいと思ってはいたが、きっと時間がかかるだろうと予想していた。

それなのに、ロザリーの悪意のせいで、一気に改善する兆しが見え始めたというのだから、人生とはわからないものだ。

最終的に閣下の女嫌いが治ったら、私の愛人としての役目は終わりになるだろう。

閣下は相応しい身分の令嬢を正妻に迎え、私は潔く身を引くのだ。

そうなることも最初から覚悟した上で愛人となったのに、そんな未来のことを考えると胸の奥がつきんと痛んだ。

私はその痛みを無視し、心の奥底に封印した。

◆

レティシアが媚薬に侵された夜会から数日後のこと。

俺は邸にジルとセーラを招いた。

実は、俺がレティシアを押さえつける際にタニアのことなどを口にしたのを、この二人に聞かれてしまったのだ。

「タニアって誰⁉　レティシアちゃんの関係者に、そんな名前の人いないはずだよね⁉」

「身売りとか凌辱とか、どういうことですの⁉」

俺たちが寝室に籠った後、二人はその場に残されたカルロスに詰め寄った。

特にセーラは胸倉を掴みそうな勢いで、可哀想なカルロスは冷や汗だらけになったのだそうだ。

セーラの生家であるコーウェル公爵家は代々優秀な騎士を輩出する武門の名家で、セーラも結婚前は女性騎士だった。

そのため、セーラは正義感が強く、力や立場の弱いものが虐げられることが許せない質《たち》なのだ。

この二人の追及を逃れることはできず、俺はタニアとシロを紹介することにした。

もちろん、そこには別の意図もあってのことなのだが。

「ここに来るのも随分と久しぶりですわね」

そう言いながら、応接室のカウチに座りセーラはお茶を飲んでいる。

俺とセーラとジルは幼馴染で、小さいころは一緒に遊んだりもしていたのだが、俺が女嫌いになってからはセーラとも距離を置いていた。

セーラもその理由を知っているので、一度俺が拒絶してからは無理に近寄ってくることはなかった。

今も昔も、賢く思慮深い女なのだ。

セーラは俺が信用できる数少ない女の一人でもある。

「僕も、正面から訪ねてくるのは久しぶりだね」

俺が外出している時を見計らってお忍びでやってきてはレティシアとお茶をしていたジルは、ヘラヘラ笑っていて少し腹が立つ。

そこに、シロがやってきた。

ジルもセーラもそれぞれ侍従や護衛を連れてきているので、今日の邸にはシロが知らない人が多数いる。

シロはそれを警戒し、レティシアとタニアが姿を見せる前に下見にやってきたのだ。

「あれ？　テオってば、犬を飼ってたの？」

「レティシアが連れてきたのだ。シロという」

「そのまんまの名前ですわね。可愛らしい犬ですけど」

シロはトコトコとジルとセーラに近寄り、クンクンと匂いを嗅いだ。

そして室内の人たちの匂いも嗅いでまわってから、出て行った。

幸いなことに、シロに警戒対象と認定された人はいないようだ。

それからしばらくして、タニアの手を引いたレティシアが現れた。

「いらっしゃいませ、第二王子殿下、オブライエン侯爵夫人。先日は、ご迷惑をおかけしてしまい、大変申し訳ございませんでした」

レティシアがカーテシーをすると、揃いのドレスを着たタニアもその横でちょこんと同じようにカーテシーをした。

可愛らしいその姿に、ジルとセーラは目を丸くしている。

「レティシア、タニア、こちらへ」

俺はレティシアを隣に座らせ、タニアはひょいと持ち上げていつも家令がしているように膝の上に乗せた。

タニアはジルとセーラをじっと見つめてから、問いかけるように新緑の瞳で俺を見上げた。

「ジルとセーラだ。大丈夫だ、二人とも俺の幼馴染だから」

タニアは頷くと、大人しく俺に身を預けた。

シロはカウチの横でいつでも動けるようにきちんとお座りをしている。

本当に優秀な護衛だ。

「これが、其方《そなた》たちが会いたがっていたタニアだ」

ジルとセーラの視線が、俺の膝の上のタニアと隣のレティシアの間を何往復もしている。

「え……どういうこと？　レティシアちゃんとそっくり……？　レティシアちゃんの……娘？　なの？」

「違います。タニアは、私の異母妹にあたります」

「でも、こんな年の妹がいるって、調査では出てこなかったよ？」

「それは、私がタニアを隠して育てていたからですわ」

レティシアはやや硬い表情で、タニアの出生と俺に身売りをした経緯をかいつまんで説明した。

もちろん、タニアも聞いているので生々しい詳細は省いてある。

それでも、ジルとセーラはいろいろと察してくれたようだ。

話が早くて助かる。

「なるほど、そんなことが……」

「レティシアさんも、タニアさんも、本当に苦労なさったのね……」

二人は美人姉妹に同情の視線を向けた。

「タニア、これから少々難しい話をする。向こうで遊んでいなさい」

俺が膝から降ろすと、タニアは素直に頷いてリーシアに手を引かれて出て行き、シロもその後をついて行った。

「なんて可愛いらしい……ちょっと心配になるくらいですわ」

「レティシアちゃんと並ぶと、相乗効果がすごいよね……」

タータル王族とそれに連なる高位貴族であるこの二人は、美しいものを見慣れているはずなのだが、それでもタニアの美しさには目を奪われたようだ。

「レティシア。タニアをこの二人に紹介したのは、タニアの将来を思ってのことだ。タニアが成長した後、どのように生きるかをタニア自身が選ぶことができるようにするためにも、味方は多い方がいいのだ。わかるな？」

「はい、閣下」

「それから、もう一つ。タニアの存在が外に知られても、もう其方《そなた》の実家が関わってくることはない。その方面での安全は保たれるようになったから、という理由もある」

レティシアは怪訝な顔をして首を傾げた。

「あの質の悪い媚薬は、タータルでは違法薬物に指定されていて、所持するだけで処罰されるような類のものだ。其方《そなた》の妹、ロザリー・マークスは、王城で開かれた王家主催の夜会にそんなものを持ち込んだ。それだけでも斬首刑ものだが、その上更に其方《そなた》に媚薬を浴びせて、危害を加えた。媚薬が染み込んだドレスも証拠品として保管してある。セーラという目撃者もいる。言い逃れしようがない」

レティシアはやや青い顔で頷いた。

あんなのでも血の繋がった家族なのだ。

処罰を受けると聞いて、複雑な気持ちなのだろう。

「あの媚薬は最近出回るようになったもので、現在国内で大きな問題となっている。騎士団が集中的に取り締まりをしているのだが、まだ販売ルートが掴めていない。その手がかりを得るために、あれからマークス子爵家全員を捕縛し尋問することになったのだが、結局それはできなかった」

「逃げられた……のですか？」

俺は首を振った。

「いいや。俺と騎士団がマークス子爵邸に踏み込んだ時には……既に、全員死亡していた。使用人も一人残らずな」

レティシアが息をのむのがわかった。

「それも、ただ死亡したのではない。全員、なんというか、干からびた枯れ木のようになっていた。

衣服に傷みはなく、外傷もなかった。ただ、邸内にいた人だけが、カラカラに干からびて死んでいた」

青ざめたレティシアの、碧《みどり》の瞳が揺れる。

なにか言おうと口を開くが、なにも言葉が出てこない。

「当然、ただの殺人ではない。間違いなく、呪具によるものだ」

ここで、ジルが説明を引き継いだ。

「最近、東のガイ帝国がきな臭い動きをしているんだ。ガイ帝国は呪術の研究が盛んで、呪具もたくさん造られているらしい。僕たちも探ってはいるんだけど、なかなか情報が出てこなくて、詳しいことはまだあまりわからない。ただ、あの媚薬はガイ帝国で造られてタータルに密輸されたものだということはわかっていて、あれも呪具の一種だろうと言われている。いくら媚薬といったって、質が悪すぎるからね」

ガイ帝国はタータルの友好国ではあるのだが、水面下では虎視眈々とタータルの肥沃な国土を狙っている。

いくつもの鉱山を擁するガイ帝国だが、山間部が多く平地が少ないため、食料は輸入に頼らざるを得ないという問題を抱えている。

タータルを下すことができれば、それが一気に解決するのだ。

だが、正面から侵略戦争を仕掛ければ土地は荒れる上に犠牲者も出る。

だから、タータルがじわじわと内部崩壊するように、媚薬やら呪具やらをタータル国内に蔓延させようとしているわけだ。

「それから、さっき一人残らずと言ったけど、実はそれは正確ではない。レティシアちゃんの義兄、ゲオルグ・マークスだけは死体が見つからなかった」

レティシアの瞳が更に不安げに揺れた。

「ゲオルグがなんらかの呪具を発動させて、家族と使用人たちを皆殺しにしたと見て間違いない。ゲオルグの身の回りの物と、現金もなくなっていたから、危険を察して捕縛される前に一人だけ逃げたんだろう」

「お義兄様、が……」

「レティシア」

艶やかなハニーブロンドを撫でて手を握ってやると、その小さな手は細かく震えて驚くほど冷たくなっていた。

そんな俺にジルとセーラと、二人が連れてきた護衛騎士と侍従たちまで目を丸くしているようだが、そんなことはどうでもいい。

「ゲオルグは、其方《そなた》に執着していたそうだな」

「はい……私を、妻にしたかったようです。ドアニス男爵とは、二年くらいで離縁してもらえるように交渉するつもりだったとか……」

「そうか……やはりな」

血の繋がらない美しい義妹に、年ごろの男が劣情を抱くのもおかしな話ではない。

改めて、レティシアたちを保護してよかったと心から思った。

「マークス子爵邸は、まだ捜索中だ。それとは別に、其方《そなた》の父があちこちに作っていた借金は、領地やら資産やらを売りさばいて補填した。これにより、マークス子爵家は柵《しがらみ》すらも残さず消滅したこととなる。だから、今後タニアが其方《そなた》の妹として表に出たとしても、面倒なことを言ってくる親族は存在しない」

「閣下……」

「タニアを其方《そなた》の妹だと、養い子ではないと誰に憚《はばか》ることなく言うことができるようになった、ということだ」

今のレティシアとタニアは、マークス子爵家が没落したことにより、平民という身分になっている。

ただ、没落貴族と元からの平民だと、貴族社会では扱いが違う。

先のことはまだわからないが、タニアがもし望むなら貴族社会で生きて行けるように取り計らうこともできるのだ。

タニアは口がきけないにしても、輝くような美女に育つことは間違いない。

それに加えて、姉に似て賢く優しい娘だ。

娘盛りを迎えるころには、求婚者が列をなすことになるだろう。

「レティシアさん、安心なさって。ご存じだと思いますけど、私の夫は騎士団を束ねているの。夫は全力でゲオルグという男の行方を追っていて、ほとんど邸にも帰ってこないくらいなのよ。だから、ゲオルグが捕まるのは時間の問題だわ。タータルの騎士団は優秀ですもの」

セーラの夫であるオブライエン侯爵は、タータルの騎士団長でもある。

たまに手合わせすることもあるが、生真面目で情に厚く、指揮官としても優秀な男だ。

ゲオルグが縄につく日も近いだろう。

「数日後には領地に向かい出立する。其方《そなた》は、乗馬のことでも考えておくといい。難しいことはジルがまとめて処理してくれるから、戻ってくるころには全て片づいているだろう」

「ええぇ、そりゃ僕も頑張るけどさ……それなら！　せめて、タニアちゃんと仲良くさせてよ！

タニアちゃんに懐かれたい！」

「それなら私も！　可愛い女の子を可愛がりたいですわ！」

二人の強い希望により、庭で遊んでいたタニアの元に向かったが、タニアはちょうど木陰でお昼寝をしているところで、二人と触れ合うことはできなかった。

ただ、シロと寄り添って眠るタニアはとても可愛らしく、二人もついてきた護衛騎士たちも静かに悶絶していた。

シロはそんな大人たちを、タニアを起こさないように顔だけ上げてじっと見ていた。

やはりシロは優秀な護衛だ。

レティシアもシロと同じように、ジルとセーラたちを青い顔のまま黙って眺めていた。

この時、レティシアからいつもの溌剌とした表情が消えてしまっていたことには俺も気がついていたが、さっきまでしていた話のせいだろうとしか思っていなかった。

第四章

エデルマン公爵家が治める領地は、王都から馬車で二日かかる距離にあり、ローヴァルという地名で呼ばれている。

ここはタータル国内だけでなく、近隣諸国でも有数の穀倉地帯で、麦を始めとした様々な作物の産地となっている、肥沃で豊かな地域だ。

と、いうことは事前にマリッサやカルロスに教えてもらい、自分でも本を読んで勉強しておいた。

あの夜会でいろいろとあったせいで出立が予定より遅れてしまったが、私たちは王都を出てローヴァルにあるエデルマン公爵家の邸に向かっている。

領地にある邸はマナーハウスと呼ばれる。

ローヴァルにあるマナーハウスは、元は古いお城で、とても趣のある佇まいなのだそうだ。

歴史のある古城と聞くと、なんだかワクワクしてしまう。

第二王子殿下たちにタニアを紹介した日、衝撃的なことを教えられて動揺した私だったが、すぐに閣下が言った通りに乗馬のことを考えることにした。

乗馬以外にも、マナーハウスにいる間にしてみたいことをリストアップしたりして、楽しいことに集中して嫌なことは頭の隅の方に追いやった。

無力な私がいくら思い悩んだところで、どうにもなりはしないのだ。

それくらいなら、タニアとシロと一緒にはしゃいでいた方がいいに決まっている。

「閣下、あれが案山子《かかし》というものですか？」

「そうだ。あれは上手く造られている方だな。ほら、タニアも見えるか？　あのような人形を畑の中に置いておくことで、作物が動物に食べられるのを防ぐのだ」

馬車の中で、タニアは閣下の膝に座らせてもらい、私は閣下の隣に座っている。

王都から出るのは初めての私たちに、閣下は窓から見えるいろいろなもののことを教えてくれる。

「ローヴァルでは、案山子のお祭りがあると聞きました」

「麦の収穫が終わった後の収穫祭で、木や藁などで造った人形やらなにやらの造形を競う品評会のようなものがある。だから、このあたりでは収穫祭のことを案山子《かかし》祭りと言ったりするのだ」

「案山子《かかし》祭り！　楽しそうですわ！　行ってみましょうね、タニア」

タニアがこくこくと頷くと、閣下はタニアのふわふわハニーブロンドを撫でて紅玉の瞳を細めた。

あの一連の出来事があってから、私たちと閣下の距離はぐっと近くなった。

以前は食事に招かれる時と、十日に一度同衾する時くらいしか閣下とは関わらなかったのに、今は毎日顔を合わせる。

今回のローヴァルまでの道程も、閣下と私たちは別の馬車に乗る予定で準備が進められていたのに、直前で同じ馬車に同乗するように変更になった。

「ゲオルグはレティシアを今も狙っているだろう。俺と同乗するのが一番安全だ」

という理由なのだそうだ。

私としても、タータル屈指の魔法剣士である閣下が近くにいてくれるのはありがたいので、タニアと一緒になってすっかり甘えてしまっている。

閣下の傍はとても安心できる。

シロもリラックスして、足元ですぅすぅ眠っているくらいだ。

今回ローヴァルに私たちが赴くにあたり、タータル騎士団から十名、オブライエン侯爵家に仕える騎士から十名の、合計二十人の騎士が同行している。

閣下に野外で剣術指南を受け、同時に野営の訓練をするためという名目だが、もちろんこれもゲオルグを警戒してのことだ。

そして、当然ながら全員シロによる審査を合格している。

閣下もシロの護衛としての能力をかってくれているのだ。

エデルマン公爵家の騎士もいるので、「まるで行軍してるような気分です」とフィオナが言っていた。

騎士団の十名はともかく、オブライエン侯爵家の騎士たちは完全に侯爵夫人の好意によるものだ。

王都に帰ったら、タニアと一緒にお礼に行かなくてはいけない。

そうやって厳重に護衛に囲まれながらたどり着いたマナーハウスは、本当に絵本に出てくるお城のようで、私は歓声をあげた。

「お初にお目にかかります、レティシア様、タニア様。使用人一同、歓迎いたします」

「ありがとう。よろしくお願いしますね」

「坊ちゃまが、こんなにもお美しいご令嬢を連れてきてくださるとは……旦那様と奥様の墓前に報告をしなくてはなりません！」

このマナーハウスを預かる家令にとっても、閣下は未だ坊ちゃまのままのようだ。

家令が言っていた旦那様と奥様というのは、亡くなった閣下のご両親のことだ。

私も後でお墓参りをさせてもらうことにしよう。

ここでも私たちは好意的に受け入れてもらうことができた。

それから私たちは古城の探検をしたり、庭や近所の森の中を散策したりと忙しく過ごした。

ここは王都の邸よりも自然が溢れていて、タニアもシロも大はしゃぎで走り回ることができる。

そうやってくたくたになるまで遊ぶので、夜はお風呂に入れている途中で寝てしまうこともあるくらいだ。

古着屋さんで買った男の子の服も大活躍している。

買い足しておいてよかったと、私だけでなくリーシアとマリッサもほっと胸を撫でおろした。

そして、私は念願叶って乗馬を習い始めた。

教えてくれるのは、ユーゴという厩務員のおじいさんだ。

元は騎士だったが、怪我で剣を握るのが難しくなり、馬が好きだったので厩務員になったのだそうだ。

ユーゴは閣下のお父様の代から公爵家に仕えていて、閣下もユーゴから乗馬を教わったと言っていた。

やる気に満ちていた私だったが、運動なんてダンスくらいしかしたことがないので、体がついていかなかった。

まず、馬に乗ることができないのだ。

鐙《あぶみ》に片足をかけて、逆の足で地面を蹴りつつ体を引き上げ鞍に跨る、ということができない。

いくら地面を蹴っても、鞍まで体が持ち上がらない。

息が切れるまで何度も頑張ったのに、一度も成功しなかった。

あまりのできなさ具合に、自分でも呆然としてしまった。

「なんで⁉　なんでできないの⁉」

「ええと、単純に、筋力が足りないのでは……」

「筋力？　筋力をつけるには、どうしたらいいの？」

「そうですね……剣術などの鍛錬を習うというのも一つの方法ですが」

騎士たちが訓練に使っている木剣を私が振り回しているところを想像してみた。

「……無理だと思う。とてもできる気がしないわ……」

「でしたら、走り込み……というのも、ご令嬢にはキツいでしょうね。そうだ、騎士が鍛錬の前後に行うストレッチを習ったらいかがでしょう。それか、腹筋や腕立て伏せでしたら室内でもできますので、そのあたりから始めてもいいかと」

「なるほど！　それなら私にもできそうだわ！」

その日は結局フィオナの手を借りてなんとか鞍の上に跨り、ユーゴに口取り縄を引いてもらって馬場のあたりをかぽかぽと歩いただけで終わってしまった。

部屋に帰ってからは、ユーゴのアドバイスに従いストレッチと腹筋などを教えてもらった。

張り切って挑戦したのに、これも自分でもびっくりするくらいできなくて、体力と筋力のなさを思い知らされた。

だというのに、翌日はほぼ全身を筋肉痛に苛まれることになり、足をひきずるようにぎこちなくゆっくりと歩くことしかできなくなってしまった。

前途多難である。

それからもう一つ、私は悩みを抱えていた。

ローヴァルに来てから、閣下が忙しくて一緒に過ごすことができないでいるのだ。

姿すらほとんど見ていない。

王都ではあの一件以来、毎日一度は顔を合わせていたし、ローヴァルに来るまでの二日の道程では同じ馬車に同乗していたので、あまりに落差が大きいと感じてしまう。

公爵家当主で、近い親戚は王家くらいだという閣下は、とても忙しいことはわかっている。

それに、今年は二十人もいる騎士たちの剣術指南も引き受けているのだから、猶更のことだろう。

だが、あの馬車の中で感じた安らぎと安心感を思い出すと、切なくなるのだ。

(というか……私、閣下が恋しいんだわ)

考えてみれば、あれから一度も同衾していない。

本を並べて築いた境界線を挟んで、閣下といろんな話をするのが私は大好きなのに。

大きな手でそっと触れられると、胸が高鳴るくらい嬉しいのに。

ローヴァルに来てから毎日が新鮮で楽しくて、閣下に聞いてほしいことがたくさんできたのに。

(次は、いつ閣下とお会いできるのかしら)

夜にタニアと並んで寝台に横になると、つい余計なことまで考えてしまい、思わずふぅと溜息を漏らしてしまった。

するとタニアがもぞもぞと寄ってきて、いつも私がするように頭を撫でてくれた。

「ありがとう、タニア。ごめんね、なんでもないのよ」

(いけないわ。タニアに心配をかけるなんて)

私もタニアを撫でてあげると、タニアは枕にぽすんと頭を落とした。

「明日もまた、たくさん遊びましょうね」

タニアが頷く気配に微笑んで、私は目を閉じた。

◆

あの夜会の夜から、俺はずっと悩んでいた。

媚薬に侵され苦しむレティシアを救うため、その純潔を奪ったのだが。

(あの時のレティシアが忘れられない……)

しっとりと汗ばんだ肌の感触。

ほっそりとした白い足。

甘い啼き声。

涙に濡れてもなお美しい碧《みどり》の瞳。

それから、あの熱い泥濘の……

最初に閨教育を受けた時も、ここまで頭から離れないということはなかったと思う。

それなのに、こんな歳になってから悩むことになるとは。

わかっている。その原因は、俺自身がよくわかっている。

閨教育の相手を務めたのは、もう顔も覚えていないどこかの未亡人だった。

そして、この前は、レティシアだった。

レティシアだから、忘れられないのだ。

あれ以来、事あるごとにレティシアの姿を探して視線をさまよわせるようになった。

遠くに見つけることができたら、つい目で追ってしまう。

レティシアはいつも元気で、使用人たちと笑っていて、タニアとシロを大切に慈しんでいて……

可愛い。とにかく、可愛くてしかたがないのだ。

前から美しい娘だとは思ってはいたが、ここまで可愛いと思うようになったのは、やはりあの夜会の夜以降からだ。

あの出来事が、俺の精神を根底から作り変えてしまった。

レティシアがほしい。

もう一度、レティシアを抱きたい。

いや、違う。一度だけではなく、何度でも抱きたい。

(だが……だからといって、どうすれば……)

「旦那様、どうなさったのですか？　このところ、顔色が優れないようですが」

こういうことに気がつくのは、赤ん坊のころからの付き合いのカルロスだ。

「体調がお悪いようでしたら、ローヴァルへの移動は延期いたしましょうか」

「いや……体調が悪いわけではない」

俺は迷った末、カルロスに打ち明けることにした。

「レティシアを……抱きたいのだが……」

カルロスははっきりと驚いた顔をした。

「どうしていいのかわからない。俺は、ほとんど経験がないから……」

あの時は、媚薬によりレティシアがぐずぐずに蕩けていたからなんとかなったのだ。

媚薬に頼らずあのようなことをするには、どうすればいいのか見当もつかない。

それ以前に、どうやってそういう行為をすることの合意をとりつけたらいいのかもさっぱりだ。

レティシアは男嫌いだから、下手なことをしたら盛大に拒絶されてしまうだろう。

もしくは、嫌々ながら愛人という立場上しかたなく受け入れる、ということになるかもしれない。

そうなったら……俺は傷つくのだろうな。

カルロスはしばし考え、それから口を開いた。

「経験を積む、という意味では、娼館を利用するのも方法の一つかと」

「娼館か」

「はい。事情を説明すれば、丁寧に指導してくれるでしょう。高級娼館ですと、顧客の情報は一切外に漏らしませんから、そういった意味でも安心です」

なるほど、一理ある。

それはわかるのだが……

「……レティシア以外の女に触れるのは……無理だ」

そうすることを想像するだけで、寒気がする。

他の女ではダメだ。レティシアでないとダメなのだ。

「レティシア様限定で、女嫌いが治った、ということですか」

「レティシアと、タニアだな。あの二人限定だ」

もちろん、タニアとそういったことをしたいと思っているわけではない。

タニアも、レティシアと同じように触れても平気なのだ。

抱っこしても膝に座らせても、レティシアとは違う意味での可愛いという気持ちしか湧いてこない。

「なるほどですね……娼館が無理なら……しばらくお待ちください。すぐ戻ります」

カルロスが持ってきたのは、一冊の本だった。

「これは……」

「私が成人前にもらった、閨指南書です。私はもういりませんので、旦那様に差し上げます」

俺も同じ本を持っていたが、女嫌いになった直後に暖炉の火にくべて燃やしてしまった。

俺の人生にはもう二度と必要のないものだと思ってのことだったのだが。

「これを読めば、なんとかなるのだろうか」

「必要最低限のことは、わかるはずです」

ぱらぱらとページを捲ってみた。

あの時は、載っている挿絵を見るだけでも吐き気がして、この本を所持していることすら耐えられずに処分してしまったのだが、今はどの絵を見ても平気だ。

描かれている女が、どれもレティシアに見えるからだ。

「それから、僭越ながら私からアドバイスをお伝えすることをお許しください」

「許す。言ってみろ」

「レティシア様と、仲良くなるよう努力をしてください。レティシア様の方からも、旦那様を求めてくださるように」

それもそうだ。

俺が求めるなら、今のレティシアは拒めない立場にある。

だが、俺がほしいのは、そんな一方的な関係ではない。

レティシアの心も体も、その全てがほしいのだ。

「具体的には、できるだけレティシア様と過ごす時間を増やしてください。それから、少しずつレティシア様に触れるようにしてください。手を触るとか、髪を撫でるとか、そういったことです。レティシア様の方にも、旦那様に触れられることに慣れていただかなくてはなりませんから」

カルロスがそれなりに遊んでいることを俺は知っている。

後腐れのない火遊びの相手が何人かいるのだそうで、この方面においては、カルロスは俺より遥かに経験豊富なのだ。

ここは素直に従うのが得策だろう。

「なるほど……やってみよう」

いい笑顔のカルロスに後押しされながら、俺はレティシアと仲良くなるように頑張ることにした。

それからは、できるだけ一日に一度は食事、もしくはお茶を共にするように時間の都合をつけた。

聡いタニアはなにやら察したようで、俺がなにも言わなくても膝の上によじ登ってくるようになり、自動的にタニアの世話を焼くレティシアとの距離が近くなった。

それによって、ニコニコと笑うタニアの髪をレティシアが撫で、俺はそんなレティシアの髪を自然に撫でることができるようになった。

レティシアも嫌がるそぶりもなく、そんな俺を受け入れてくれている。

シロはといえば、近くの床にごろりと寝そべり昼寝をするようになった。

俺が傍にいる時は、俺がレティシアとタニアを守ると信頼してくれているのだ。

優秀な護衛から信頼を寄せられるのは悪い気分ではない。

壁際に控えているカルロスも、たまに親指をぐっと立てて『よくできました！』というサインを送ってくる。

どうやら、俺は上手く距離を縮めることができているようだ。

ただし、同衾をすることは避けた。

次にレティシアと同じ寝台に入ったら、絶対に境界線をぶち壊してしまうという自信しかなかったからだ。

それはどう考えても時期尚早だ。

夜毎、閨指南書を読みながら、しっかりとイメージトレーニングをして、その時に備えた。


ローヴァルに来てから、レティシアは毎朝乗馬の練習をしている。

俺はといえば、古城の窓からこっそりとその練習風景を眺めてから仕事に向かうことが日課となった。

レティシアはなんとか自力で鞍の上によじ登り、ゆっくりとだが馬を歩かせることまでできるようになっている。

嬉しそうに笑うその姿に頬が緩み、同時にそれを近くで見ているユーゴやフィオナが羨ましくなってしまう。

カルロスはそんな俺を哀れむような目で見ているが、それには気づかないふりをしている。

俺を哀れんでいるのはカルロスだけではない。

「旦那様。レティシア様と、もうずっと顔を合わせてもおられませんよね」

「……そうだな」

「レティシア様は寂しがっておられますよ。夜も寝つきが悪いのだそうです」

マリッサは哀れみながら責めるような目を向けてくる。

ここでもレティシアたちのことは毎日報告させている。

乗馬をしたり森を散策したりと元気に過ごしているが、たまにレティシアは憂い顔で溜息をつき、タニアはそんな姉を見て心配そうな顔をするのだそうだ。

「物憂げなレティシア様は、それはそれはお美しくて……騎士たちがたまに見惚れていますよ」

別の方向性で心配になる報告をあげてくるのはフィオナだ。

いつも溌剌とした笑顔のレティシアが、ふいにそんな顔を見せたら……その意味が知りたくて、狂う男が湧いて出てきてもおかしくない。

それはよくない。よくないのだが……

「旦那様……ちゃんとレティシア様と向き合ってください。このままでは、なにも進展しないどころか、レティシア様を失ってしまうかもしれませんよ」

なにも言い返せず、俺は顔を顰めた。

王都からローヴァルまでの二日の馬車の旅は、今までにも幾度となく経験したことだというのに、なにもかも初めてのように新鮮で楽しかった。

レティシアたちに信頼され頼られ、体温が感じられるくらいの至近距離で長い時間を過ごした。

なにか見つけてははしゃぐレティシアたちが可愛くて愛しくて、俺の胸の中にあった氷塊が溶けて、冷たく乾いていた心を潤していくようだった。

だからこそ、近寄れないでいる。

華奢で小柄なレティシアは、無骨な俺が少し触れるだけで壊れてしまいそうな気がして、だが傍に寄ると触れずにはいられなくなりそうで、怖くなってしまったのだ。

レティシアがほしい。だが、傷つけたくない。

レティシアの碧《みどり》の瞳から流れる涙の方が、獰猛な魔獣よりよほど恐ろしい。

煮え切らないままの俺に、カルロスたちもそれ以上はなにも言えずにいた。


そんなこんなで、ローヴァルに来てから二十日ほど経ったある日。

近隣の農村の村長たちを集めた会合から帰ってきた時のことだった。

マナーハウスの門をくぐったところで、タニアとシロがものすごい勢いで走ってきた。

そのまま抱きついてくるのかと思い、少し屈んで腕を広げてみたのだが、タニアは俺の二歩前でぴたりと足を止めて、スベスベした頬をプクッと膨らませて俺を睨んできた。

「どうした？　なにか嫌なことがあったのか？」

基本的にいつもニコニコしているタニアがそんな表情をしているのを見るのは初めてで、俺は戸惑ってしまった。

新緑の瞳には、明らかに俺を非難する色。

隣のシロも、心なしか顰めっ面に見える。

「タニア？　俺がなにかしたか？」

タニアは大きく頷いて、はっきりと意思表示をした。

そして、ふくふくとした小さな手で俺の剣だこがある手をがしっと掴み、ぐいぐいと庭の方へと引っ張って行った。

されるがままについて行くと、庭の木陰にあるベンチにレティシアが座っているのが見えた。

どうやら本を読んでいるらしく、俯いた横顔の美しさにどきりとした。

「タニア」

レティシアに会う心の準備ができていない俺はなんとか止めようとしたが、眉間に皺を寄せて俺を振り仰ぐタニアに手を引かれたままレティシアの元に連れて行かれてしまった。

顔を上げたレティシアは、タニアに手を引っ張られている俺の姿に目を見開いた。

「閣下」

「あー……その、タニアが」

上手く言葉が出てこない。

気まずくなって視線をうろうろさせていると、タニアは俺を更に引っ張ってレティシアの横に無理やり座らせた。

「タニアったら、なにを」

碧《みどり》の瞳を丸くしている姉の手をとり、握ったままだった俺の手と重ねた。

「タニア！」

動揺したレティシアが手を引っ込めようとしたが、その前にタニアは俺の手を上からぎゅっと握ってそれを阻止した。

真剣な顔をしたタニアは、『ちゃんと話をしろ！』と言うように俺たちの顔を見比べ、それから今度は近くに控えていたリーシアとフィオナの手を引っ張って去って行った。

こうして、俺たちはタニアにより強制的に二人きりにされてしまった。

「………」

「………」

突然のことに、なんと言葉をかけていいのかわからず、俺は沈黙した。

レティシアも、頬を赤く染めて俯いてしまっている。

「その……すまない。ここしばらく忙しくて、時間がとれなかった」

「いいえ、お気になさらないでください。閣下がお忙しいことは、私もよくわかっておりますから」

レティシアが困ったように眉を下げた。

「なのに、申し訳ありません……タニアがご迷惑をおかけしまして」

「いや、迷惑などではない！」

つい大きめの声を出してしまって、そんな自分に俺自身が少し慌てた。

「ちょうど、外の仕事が終わって帰ってきたところだ。今は時間の余裕があるから、気にすることはない」

それにしても、この手は握ったままでいいのだろうか。

できれば放したくないのだが、どうしたらいいのかわからない。

「……ここでの生活はどうだ？　なにか不便はないか？」

「不便などありませんわ。毎日、とても楽しいのです」

「乗馬も頑張っているそうだな」

「はい。なんとか常歩《なみあし》まではできるようになりました。ユーゴにも褒めてもらったのですよ」

「そうか……」

と、ここで会話が途切れてしまった。

これではいけないと焦ると、余計になにを言っていいのかわからなくなる。

「あの、閣下、その……そろそろ部屋に戻りますわ」

レティシアは沈黙から逃げるように立ち上がった。

マズい。

このままレティシアを行かせてしまったら、せっかくタニアが強引に作ってくれた機会を逃してしまう。

そんなことになったら、今度こそ本当にシロに噛まれてしまうかもしれない。

「ま、待ってくれ」

俺は離れようとした小さな手をぎゅっと握って引き留めた。

もうここまで来たら、腹を括るしかない。

「レティシア。今夜……俺の寝室に来てくれないか」

ぱっちりとした大粒の瞳がまた見開かれた。

「少しでも嫌だと思うなら、断ってくれて構わない。あんなことがあって、まだあまり時間も経っていないのだから」

「閣下」

「無理はしなくていい。嫌なことを強制したりはしない。俺が怖くないなら、俺に触れられるのが嫌ではないなら、来てほしい」

レティシアは俺の手を両手でそっと握り返した。

「……今夜、お伺いします」

「ありがとう。もちろん、直前に怖気づいたとしても、責めたりはしないよ」

「怖気づいたりなんかしませんわ。ちゃんとお傍に参りますので、待っていてくださいませ」

「わかった。待っている」

艶やかなハニーブロンドがそよ風で儚く揺れた。

「閣下とこうやってお話ができて、とても嬉しいです。タニアとシロに感謝しなくてはいけませんわね」

こんな俺と話をするのを、嬉しいと言ってくれるのか。

俺も、嬉しい。

レティシアと話ができるのが嬉しい。

だが、本当は、話をするだけでは足りない。

もっとレティシアがほしい。

レティシアの全てを俺のものにしてしまいたいのだ。

レティシアは、俺のことをどう思っているのだろうか。

その心が知りたくて、俺は狂ってしまいそうだった。

◇

「閣下、失礼します」

「……ああ」

タニアとシロの寝かしつけをリーシアに頼んで、私は閣下の寝室に向かった。

マナーハウスの閣下の寝室に入るのは、これが初めてだった。

「こちらへ」

いつもは寝台に直行するところだが、今夜はカウチに座らされた。

閣下はお酒を飲んでいたらしく、グラスと琥珀色の液体が入ったデカンタがローテーブルに置いてある。

お酒が寝室にあるのも、これが初めてだった。

しばらく間が空いてしまったから、閣下も私と同じように緊張しているのだろうか。

「……レティシア」

「はい、閣下」

「其方《そなた》に聞いてほしい話がある」

なんだろう。閣下の硬い表情から、少なくとも楽しい話ではなさそうだということがわかる。

「俺が女嫌いになった理由なのだが……誰かから聞いているか?」

私は首を横に振った。

「いいえ、なにも。なにか酷いことがあった、ということくらいしか」

いつだったか、マリッサが少しだけそのようなことを教えてくれたが、詳しいことは自分の口からは言えないということだったので、追及はしなかった。

「そうか……」

閣下は俯いた。

紅玉の瞳に、苦悩の色がよぎる。

「……聞いてくれるか? 其方《そなた》には、なにがあったのか知ってほしいのだ」

「もちろんですわ」

私は頷いた。

私が男嫌いになったきっかけがあったように、閣下にもかつてなにかが起こって、それで女嫌いになってしまったのだ。

ずっと気になってはいたが、そのことで閣下は深く傷つき、今もまだ苦しみ続けていることがわかっていたから、今まで私から触れることはしなかった。

ぽつぽつと語り始めた閣下の言葉に、私はじっと耳を傾けた。

「知っての通り、カルロスとリーシアとは赤ん坊のころからの付き合いだ。実は、カルロスたち以外にもあと二人、同じように年が近い使用人の子がいた。二人姉妹で、姉のシエナは俺の三歳上で、妹のレイラは一歳下だった。カルロスたちと五人で、小さいころはきょうだいのように育った。一番年上のシエナは全員の姉のようで、レイラは妹のような存在だった。俺は……シエナに淡い思慕の情を抱いていた」

小さな子供には身分差など関係ない。

一緒に遊ぶ中で幼馴染を好きになる、というのは私でも想像ができるくらい普通のことだと思う。

閣下が十六歳になり社交界デビューした直後に、事故で両親が亡くなった。

突然のことで混乱しながらも、閣下は家督を継いで公爵家当主となった。

悲しむ間もなく葬儀や相続手続きなどで多忙を極め、精神的にも肉体的にも疲弊しきっていた閣下は、優しく気遣ってくれるシエナに少しだけ甘えてしまった。

といっても、いつもより長く傍にいてもらったくらいで、雇用主と使用人の関係から逸脱するようなことをしたわけではない。

きょうだいのように育ったとはいえ、そのころはもう閣下たちの立場ははっきり分かれており、閣下が手を出したらシエナを不幸にしてしまうことがわかっていたから、それ以上のことをするつもりなどなかった。

シエナも閣下のそんな気持ちを察して、ただ傍に寄り添ってくれていた。

そのおかげで閣下はなんとか立ち直ることができ、公爵家当主としての仕事もこなせるようになった。

時が経ち慌ただしい日々もひと段落し、新しい生活にもやっと慣れてきたころ、再び大きな衝撃が閣下を襲った。

シエナに毒が盛られるという事件が起きたのだ。

顔が真っ赤に腫れあがり、生死の境をさまようほどの重症だったが、高名な医師を呼び寄せて懸命な治療にあたった。

それでなんとか命を繋ぐことができたが、可愛らしかったシエナの顔には広範囲に赤い爛《ただ》れが残ってしまい、医師にもこれ以上の治療はできないと匙を投げられてしまった。

鏡を見て泣くシエナを、閣下は必死で慰めた。

顔が変わっても、大切な幼馴染であることに変わりはないのだから、閣下専属のメイドから外すつもりはない、今までと同じように遇するからと、言葉を尽くした。

カルロスやリーシアも同じようにシエナを励ましたが、それでも深い絶望に囚われたシエナを救うことはできなかった。

シエナは皆が寝静まった夜中に、邸の最上階の窓から飛び降りて自死してしまったのだ。

閣下の両親が亡くなってから、たった四か月後の出来事だった。

当然ながら、閣下はまた落ち込んだ。

そこにつけ入るように、擦り寄ってきたのがレイラだった。

レイラもシエナやリーシアと同じようにメイドとして働いていたのだが、ある時から閣下に秋波を送ってくるようになり、遠ざけられていたのだ。

レイラは、自分は妹だからと当然のようにシエナの立ち位置に納まろうとした。

もちろん閣下はそんなことは許さず、家令に命じて叱らせ、これ以上余計なことをするならメイドから下働きに降格すると警告した。

それで終わればよかったのだが、レイラはまだ諦めていなかった。

よりにもよって、今度は閣下に媚薬を盛ったのだ。

無理やりにでも関係を持ちさえすれば、愛人かなにかになれると思ったようだ。

痺れ薬まで同時に盛られた閣下は、意識ははっきりしているのに体が動かなくて抵抗もできず、
レイラはそんな閣下にのしかかり、服を剥ぎ取った。

幸いにも、既《すんで》のところで異常を察知して踏み込んできたカルロスにレイラは取り押さえられ、未遂で済んだ。

そうでなければ、閣下の精神は崩壊していたかもしれない。

それくらい、それは閣下にとっては恐ろしい出来事だったのだ。

シエナの事件の後、捜査は行われてはいたのだが、実の妹であるレイラは誰からも疑われること

はなかったため、レイラへの取り調べは甘かったということが後でわかった。

レイラは閣下に近づきたくて姉に毒を盛ったのに、シエナが自死した後も閣下はレイラに見向きもしなかったことから、最悪な方法で閣下を手に入れようとしたのだ。

閣下はレイラを遠ざけてはいたが、嫌っていたわけではない。

いつか身分に相応しい恋人でもできれば、閣下のことなど忘れるだろうと思っていた。

レイラは幼馴染の一人で、どこまでも妹のような存在でしかなかったのだ。

だからこそ、獣のように瞳をギラギラと光らせながら、欲望に歪んだ顔で襲いかかってきたレイラの姿は、閣下の脳裏にくっきりと焼きつき、深い傷となった。

それ以来、閣下は女性のことを『言葉も理屈も通じない恐ろしい生き物』のように感じるようになり、すっかり女嫌いになってしまった。

これが閣下が心を閉ざし、『氷血公爵』になってしまった経緯だった。

「そんなことが、あったのですね……お辛かったでしょう……」

なんとも壮絶な閣下の過去に、私は深く同情した。

両親を失った悲しみが癒えないうちに、こんな追い打ちがかけられるなんて、女嫌いになるのも無理はない。

まだ十六歳だった閣下は、どれだけ傷ついたことだろう。

それにしても、実の姉に毒を盛るなんて、よくそんな酷いことができたものだ……と思ったが、そういえば私も妹に媚薬をかけられたのだった。

ロザリーとレイラという人は、もしかしたら似た者同士なのかもしれない。

「レティシア。俺の眼帯を外してくれないか」

「……いいのですか？」

「ああ。其方《そなた》に外してほしい」

私はそっと手を伸ばして、閣下の左目をずっと覆っていた眼帯を外した。

傷跡でもあるのかと思っていたが、そうではなかった。

眼帯の下に隠されていたのは、澄んだ蒼穹《そうきゅう》の瞳だった。

「俺の母は、現国王陛下の末妹にあたる。母も同じ色の瞳をしていた」

第二王子殿下の瞳もこの色だ。

これは、タータル王家の色なのだ。

「レイラは、小さいころから俺の左目がお気に入りだった。いつもきれいだと言っていて……つまり、レイラは俺が好きだったのではなくて、王族の血がほしかったのだ。俺は鏡でこの左目を見るたびに、レイラのことを思い出して気分が悪くなるようになった。また同じ理由で俺を求める女が現れるのではないかと思うと、左目を抉り取りたくなった。そんなことをするくらいならと、カルロスたちが俺に眼帯を作ってくれた。それ以来、俺は今まで誰にも左目を見せたことはない」

閣下は私と同衾する時も、いつも眼帯はつけたままだった。

深い理由があるのだと思っていたが、そういうことだったのか。

「私は閣下の右の瞳も大好きですわ。紅玉みたいで、とってもきれいではありませんか」

もちろん左目もきれいだと思うが、右目だって同じくらいきれいだ。

「其方《そなた》は……俺に愛人として囲われているというのに、最低限のことしか求めなかった。王族で公爵家当主の俺は、金も権力も腐るほど持っているというのに、其方《そなた》が求めるのはいつもささやかなものばかりだ。ガーデニングとか乗馬とか、貴族の令嬢とは思えないようなことで喜ぶ」

「そう、ですわね……変わっているという自覚はありますわ」

「其方《そなた》が夜会の控室で俺を待ち伏せしていた時、俺はまた色仕掛けをされるのだと思った。だが、其方《そなた》は真っすぐに俺を見て、交渉を持ちかけてきた。儚げな妖精姫が見せた強かさに、俺は驚いて……今にして思えば、あの時、俺は其方《そなた》に惚れたのだと思う。だから、白い結婚で構わないと言われて、腹が立ったのだ」

「……え？」

今、なにかとんでもないことを言われた気がする。

首を傾げた私に、閣下は頬を赤くしながら続けた。

「其方《そなた》は、強く賢い女だ。虐げられながらも屈することなく、タニアとシロを守るために身売りをするほど愛情深い。俺は、其方《そなた》のことを知れば知るほど、益々惚れた」

惚れた、って閣下がはっきり言った。

聞き間違いではない。

「其方《そなた》は、男嫌いになった理由を教えてくれた。だから、俺も、俺が女嫌いになった理由を其方《そなた》に知ってほしかった。其方《そなた》と対等になるために」

閣下の大きな手が、私の頬をそっと撫でた。

「レティシア。俺は、其方《そなた》がほしい。其方《そなた》に触れたい。いつものように、同衾したふりをするのではなく、本当の意味で閨を共にしたい。俺は……其方《そなた》を愛している」

「閣下……」

私の頬も閣下と同じように赤くなった。

「もし、嫌だとか、心の準備ができていないと思うようなら、元の部屋に戻るといい。今なら、まだ帰してやれる。だが、もしこれ以上、ここに留まるというなら……もう離せない。意味はわかるな」

「はい、閣下……」

私は、頬に触れている閣下の手に自分の手を重ねた。

「ローヴァルに来てから、閣下に距離を置かれて、とても寂しかった……私も……閣下をお慕いしております。どうか私を、閣下のものにしてくださいませ」

二色の美しい瞳が瞬いた。

「……いいのだな？」

「はい……閣下になら、なにをされても構いません。閣下がお優しい方だと、私はよく知っておりますから」

私がそう言うと、閣下は私を横抱きに抱え上げて寝台に連れて行ってくれた。

閣下はそっと私を寝台の上に降ろし、私たちは向かい合って座った。

「もう一つ、其方《そなた》に白状しておかなければいけないことがある」

「なんでしょうか？」

どこか悲壮な顔をする閣下に、私は首を傾げた。

「俺は、十六歳のころからずっと女を遠ざけていた。だから……こういったことに関する経験がないのだ」

なるほど。言われてみればそうだろう、とは思うが。

「ですが……媚薬を中和してくださった時は」

「女嫌いになる前に、閨教育は一通り受けた。それで最低限の知識はあったから、なんとかなっただけだ」

「そうだったのですね……」

私はあの時のことを思い出し、赤くなって俯いた。

「あれから、閨指南書で改めて勉強したが……上手くできないかもしれない。痛かったりしたら、遠慮せずに言ってほしい」

「わかりました。でも、きっと大丈夫ですわ。私はもう純潔というわけではありませんから」

緊張を解いてもらいたくて、努めて明るくそう言ったのに、閣下はぐっと眉を寄せた。

「言っただろう、レティシア。あの時のことは、治療行為だと。風邪をひいた時に薬を飲むのと同じことだ。其方《そなた》は純潔を失ってなどいない。今も清い体のままだ」

確かに、閣下はあの時そんなことを言っていたことを覚えている。

「その純潔を、今夜俺に捧げてもらう。其方《そなた》の初めては、間違いなく今夜なのだ。いいな？」

「はい、閣下……閣下が初めての相手で、とても嬉しいです」

閣下の大きな両手が私の頬を包み込んだ。

「レティシア……口づけをしてもいいだろうか」

「はい……たくさん、してくださいませ」

そっと目を閉じると、すぐに唇に柔らかいものが触れた。

何度か啄むように触れるだけのキスをしてから、閣下の舌が咥内に侵入してきた。

どこかぎこちない動きで歯列をなぞられ舌を絡められると、背筋がぞくぞくとしてしまう。

私も必死で応えようとしたが、果たして応えられたのかどうかよくわからない。

しばらくそのまま貪られて、唇が離れた時には私はすでに息があがっていた。

「……脱がせるぞ」

ガウンもその下のナイトドレスもほぼ一瞬で脱がされてしまった。

ちなみに、ナイトドレスの下には下着類はなにも身に着けていない。

マリッサによると、これも閨の作法なのだそうだ。

とにかく、私は閣下の前に素肌を晒してしまったわけで。

閣下がごくりと唾を飲み込む音が聞こえた。

蒼穹《そうきゅう》と紅玉の瞳は、ギラギラと輝いて私の裸を食い入るように見ている。

スタイルは悪くないはずなのだが、これは……どっちだろう？

気に入った？　期待外れだった？

それとも……やっぱり無理ってなったのかもしれない。

女嫌いが治ったわけではないらしいし……

「レティシア……其方《そなた》は、美しいな……美しすぎて、触れたら壊してしまいそうだ……」

一瞬不安になった私だったが、それもすぐに杞憂だとわかった。

閣下に美しいと思ってもらえるのは、すごく嬉しい。

だが、そんな理由で触れてもらえないのは悲しい。

「乗馬も習い始めて、私は以前よりずっと頑丈になりました。簡単に壊れたりしませんから、安心して触れてくださいませ」

閣下の温もりがほしくて、高鳴る心臓の鼓動を伝えたくて、閣下の手を左胸にそっと押しつけた。

「私の全ては閣下のものです。私も、閣下に触れていただきたいのです」

大きな手が私の胸の膨らみを恐る恐るといった感じで包み込み、触り心地を確かめるように何度かフニフニと揉んだ。

「ね？　大丈夫でしょう？」

「……ああ、そうだな……なんと柔らかい……それに、温かいな」

「閣下の手も温かいですわ。いつも優しく撫でてくれる閣下の手が、私は大好きなのです」

「レティシア……」

閣下はガウンを脱ぎ捨て、私を寝台に押し倒した。

熱を帯びた素肌が触れ合い、自然と唇が重なった。

再び口腔を貪られながら、大きな背中に腕を回して抱きついた。

男の人の肌はゴツゴツしているようなイメージだったが、閣下の肌は滑らかで手触りがいい。

そのまま背中を両手で撫でていると、

「……あまり煽らないでくれ……理性が消し飛びそうだ」

煽っているつもりなどないのに、と思った次の瞬間、閣下の体が下にずれて、左胸の頂をぱくりと口に咥えられてしまった。

反対側の頂も指先で捏ねるように弄られ、私の体が跳ねた。

「あっ！」

「痛かったか？」

心配げな声だが、恥ずかしくて閣下の顔を見ることができない。

「いいえ……その、驚いてしまっただけですわ」

「そうか。なら、続けてもいいか」

「はい……痛かったら、ちゃんとそのようにお伝えします」

というわけで、胸への愛撫は続行され、私の体はすぐにその刺激を快楽に変換し始めた。

「……っあ……んんっ……は、あぁ……」

甘く痺れるような快楽に、自然と声が漏れてしまう。

閣下は胸の頂だけでなく、胸全体にキスをして赤い痕をいくつもつけていく。

ちゅっと吸われるたびに、体が勝手にびくっと反応する。

閣下の右手が秘部を撫でた。

そこはすでに自分でもわかるくらいに潤っている。

「濡れているな」

「ああ、閣下、恥ずかしいです……」

「恥ずかしがることではない。其方《そなた》が気持ちいいと感じている証拠だ。俺を受け入れる準備をしてくれているのだな」

閣下はとても嬉しそうだ。

長い指がつぷ、と隘路に侵入してきた。

新たな刺激に体が震えたが、痛みはない。

閣下は私の様子を窺いながら、ゆっくりと指を奥に進めた。

根本まで入ったところで、またゆっくりと内部の構造を確かめるように動かし、一度抜いてから今度は指を二本に増やして隘路を押し広げるように動かした。

痛くはない。

だが、ある部分を刺激されると腰が跳ねて声が漏れてしまう。

更に、閣下の親指が尿道の近くにある陰核を探り当て、そこへの刺激まで追加されてしまった。

「あんっ……や、んん……あぁぁ……」

「気持ちよさそうだな。俺の指を締めつけてくる」

「閣下……お願い、です……もう……」

もう十分だから、早く挿れてほしいと強請《ねだ》ったのに、聞き入れてもらえなかった。

「ダメだ。女性側の経験が浅い場合、前戯で一度イった後の方が挿入が楽なのだそうだ。もう少し続けるぞ」

「あああっ！」

下半身への愛撫はそのままで胸の頂を食べられて、今までで一番大きな声が出てしまった。

「ああっ、閣下、ダメ……そんなに、したら……も、やぁ……」

膣内と陰核と胸がそれぞれ違う快楽を感じ取って、私の頭の中は真っ白に染まった。

「あ……っんあああああっ！」

私が体をのけ反らせてイってしまったのは、それからすぐのことだった。

イっているのは閣下もわかっているはずなのに、愛撫は変わらず続けられているので、絶頂の波がいつまでも引いていかない。

強張っていた体がやっと弛緩したころには、私はもう息も絶え絶えになっていた。

「閣下……ひどいです……」

「すまない。其方《そなた》がイっているのが可愛くてな」

嬉しそうに笑う閣下だが、その瞳のギラギラとした輝きは獰猛な獣のようだ。

「次の段階に進めるぞ」

閣下が下穿きを脱ぎ捨てると、そこには赤黒くそそり立つものがあるのが見えた。

知識としてどのようなものかは知っているが、それを目にするのは初めてだった。

媚薬の中和の時はずっと目を閉じていたので、なにも見ていないのだ。

それにしても……私が読んだ指南書に記載されていた平均サイズより、随分と大きく見えるのは気のせいだろうか。

閣下は長身で体格がいいからそこも大きいのかもしれないが、一度挿入されたことがあるとわかっていなければ、怯んでしまったかもしれない。

閣下はそれの先端を私の膣口にあてがい狙いを定めると、そのままぐぐっと腰を進め、私は隘路を熱い楔で押し広げられる感覚に必死で耐えた。

途中まで挿入されたところで一度止まって、

「痛くないか？」

と尋ねられた。

偶然なのかわざとなのか、先端の一番太くなっているところが、私の感じてしまう部分にちょうど当たっているという位置で留まられてしまい、たまらず身をよじってしまった。

「ああっ、閣下、そこは」

「ん？　ここか？　ここが気持ちいいのか？」

腹側の膣壁に押しつけるように細かく動かされ、私の腰が跳ねた。

「ダメ、あっ、……また、あぁぁ、イっちゃうっ」

「ここだけでイけそうなのか？　其方《そなた》は体も素直で愛らしいのだな。遠慮せずにイくといい」

「そんな、ダメです、私ばっかりぃっ……あ、もう……ああああっ！」

そうやって、あっけなく絶頂に押し上げられてしまった。

頭の中がまた真っ白になるくらいの快楽にびくびくと体を震わせているというのに、閣下はずんと一息で一番奥まで楔を埋め込んだ。

隘路の奥半分が無理やり押し広げられる感覚と、指では届かなかった最奥を抉られる感覚が絶頂の快楽に追加され、私はもうなにがなんだかわからなくなってしまった。

閣下は苦しげに眉を寄せ、のけ反ったままの私の体の両脇に手をつくと律動を開始した。

「あっ！　やぁっ！　まって、ああっ！」

少し待ってほしいと言いたいのに、押し寄せてくる慣れない快楽に頭が働かず、言葉を紡ぐことができない。

私はそのまま閣下が奥に射精するまで揺さぶられ続けるしかなかった。

建前上は私は純潔だったというのに、あまりにも容赦なさすぎるのではないだろうか。

荒い息をつきながらぐったりと寝台に体を沈める私に、閣下はキスをしてくれた。

「レティシア……其方《そなた》は、素晴らしい」

二色の美しい瞳に見つめられ、私は胸がいっぱいになった。

閣下の愛情を全身で感じて、涙が零れそうなくらい幸せを感じていた。

愛する男性と肌を重ねるのが、こんなにも幸せなことだなんて知らなかった。

しばらくして私の呼吸がやっと整ってきた。

「落ち着いたか？」

「……は、い……かっか……」

「よし。では続けるからな」

「……え……」

「大丈夫だ。何度でもイっていいんだぞ」

今度こそ待ってと言おうと口を開いたのに、舌を絡める深いキスで声を封じられてしまった。

それと同時にまた律動が始まり、ガツガツと奥を突き上げられて視界に星が舞った。

それから私はもう回数もわからないくらいイかされて、二度目の射精を体の奥深くで感じたところで意識を手放した。


習慣でタニアが寝ているはずの右側に手を伸ばそうとして、いつもと違うことに気がついた。

枕が硬い。

なにか温かいものに体を包まれている。

そして、体中が怠く、なんだか腰が痛いような気がする。

はっとして目を開くと、そこには蒼穹《そうきゅう》と紅玉の瞳。

「おはよう、レティ」

私は閣下に腕枕をされ、抱きしめられるような体勢で眠っていたようだ。

そうだった、私、昨日の夜、閣下と……

「お……おはよう、ございます……」

いや、違う。

この会話をするのは、今日になって二回目だ。

一回目におはようと言った後、問答無用で愛されて、また気を失ってしまって、それから目覚めたのが今なのだ。

「閣下、あの」

「違うだろう？　俺のことをなんと呼ぶのか、きちんと教えたはずだ」

「……テ……テオ様」

朝から揺さぶられながら、何度もテオ様と言わされた。

最後はテオ様と叫びながら、気を失ったような気がする。

「そうだ。レティには、名で呼んでほしい」

私はレティということになった。

過去に私を愛称で呼んでくれるのは、亡くなった母だけだったので、テオ様で二人目となる。

テオ様は、私の頬をそっと撫でた。

そして、私の太腿のあたりになにか硬いものが触れた。

「……」

「ああ、これか。気にするな。朝はこうなってしまうのだ。健康な証拠だ」

そういえば、そんなことが指南書に書いてあった気がする。

もう朝とは言えない時間だが、おそらくそういう問題ではないのだろう。

「昨夜に続き今朝からも、無理をさせてしまったからな。これ以上求めるのはやめておこう。もちろん、其方《そなた》が望むのなら別だが」

あれだけシたのに、テオ様はまだできるというのか。

「も、もう無理です！」

「そうだろうな。わかっているよ。そう身構えるな。夜までは自重するから」

ということは、夜になったら……

想像して私はまた赤くなった。

「朝食は食べられそうか？」

「……はい。お腹がすきました」

「そうか。では、ここに運ばせよう」

テオ様がベルを鳴らすと、待ち構えていたかのようにすぐに寝室の扉が開かれ、私は慌てて寝具の中に潜り込んだ。

入ってきたのは、どうやらマリッサだったらしく、すぐに食事を二人分運んでくると言って退室していった。

とりあえずなにか着なくてはと思い、寝台の足元に落ちていたガウンを着たまではよかったが、床に立とうとしたら足腰が立たず、ぺたりと座り込んでしまった。

「無理をするな。ほら、おいで」

同じくガウンをはおったテオ様は私を軽々と抱え上げ、また寝台の上に戻した。

「テオ様は……普通に動けるのですね」

「ああ、俺はいつも通りだな」

「今日は乗馬の練習はできそうにありませんわ……」

「ユーゴにはそのように伝言してもらうとしよう」

閣下もベッドに座り、私を抱き寄せて額にキスをした。

私に向けられた美しい二色の瞳には、愛情がたっぷりと溢れていて、私はそれが嬉しくて逞しい肩に顔を埋めた。

体格も体力も大きな差があるというのに、かなり容赦なく貪られたと思うが、テオ様が私に触れる手は常に優しく、痛いことは一度もなかった。

女嫌いのはずのテオ様に、求められ愛されているのだと体の芯から実感することができて、心が震えるくらい幸せで涙が滲んだ。

私も同じだけ愛していると、テオ様には伝わっているだろうか。

私の人生にこんな幸福が訪れるなんて、信じられないくらいだ。

ちょうどそうしている時に、マリッサが他のメイドまで連れて朝食を運んできてくれたので、恥ずかしくて顔を上げられなくなってしまった。

朝食がテーブルに並べられると、テオ様は私を膝の上に抱えたまま椅子に座り、小さな子供に食事をさせるように私の口にパンやサラダやスクランブルエッグを運んだ。

「テオ様……自分で食べられますわ。腕はちゃんと動きますから」

「ダメだ。ほら、もっと食べなさい」

口にする全てのものが甘くなっている気がするほど、テオ様が甘い。

その美しい顔にうかぶ微笑みも、声も言葉もちょっとした仕草も、なにもかもが甘い。

たった一晩で、まるで別人に生まれ変わったような変貌ぶりだ。

優しい人だというのはわかっていたが、ここまではっきりとした激甘になるのは予想外すぎる。

あまりの変化についていけなくて、なんだか頭がくらくらとするようだった。

食事が終わると、テオ様はまだ立てない私を抱えて客室のカウチまで運んでくれた。

客室ではタニアとシロが待っていて、ニコニコ笑顔で私たちを出迎えた。

「レティは疲れているから、今日はゆっくりさせてあげなさい」

タニアはふわふわハニーブロンドを大きく揺らして頷いた。

いつもよりいい笑顔のタニアだが、もしかしてテオ様の言っている本当の意味がわかっているのだろうか。

テオ様は私の頬にキスをして、タニアとシロの頭を撫でて去って行った。

テオ様がいなくなると、マリッサが駆け寄ってきて私の手を握った。

「レティシア様！　ありがとうございます！　旦那様が、眼帯を外す日が来るなんて……全て、レティシア様のおかげです！」

マリッサの瞳からぽろぽろと涙が零れた。

その後ろで、リーシアもハンカチで目頭を押さえている。

この二人は、ずっとテオ様のことを心配していたのだ。

優しいテオ様が心を閉ざし、『氷血公爵』なんて呼ばれるようになったことを、どれだけ痛ましく思っていたことだろう。

今ごろ、カルロスや他の使用人たちも泣いて喜んでいるかもしれない。

「テオ様のお役に立てて嬉しいわ」

「役に立ったどころの話ではございません！　あの旦那様の笑顔を見ましたか⁉　レティシア様は、エデルマン公爵家の救世主です！　ああ、レティシア様が生まれてきたことを、神に感謝しなくては！」

「ふふふ、大袈裟ね」

タニアは私にぎゅっと抱きつき、シロは私の足元で尻尾を振った。

このふたりも嬉しそうだ。

私も嬉しい。

とてもとても幸せだ。

あの時、テオ様に賭けて本当によかった。

だが、忘れてはいけない。

私はあくまでも愛人で、元子爵家令嬢でしかないということを。

いつかテオ様が正妻を迎えるなら、私は潔く身を引かなくてはならない。

テオ様が特別なだけで、私はまだ男性が苦手なままだ。

こんな私が、愛した男性に愛してもらえるという奇跡的な幸運に恵まれた。

これ以上を望むのは、分不相応というものだ。

だから、一日一日を大切に、幸せを噛みしめながら過ごそう。

テオ様から離れた後も、たくさんの幸せな思い出があれば、私はきっと生きていけるから。

◆

腕の中で温かく柔らかいものがもぞもぞと動くので目が覚めた。

「う……ん……」

可愛らしい声。

もうすぐレティも目を覚ますのだろう。

濃く長いまつ毛が震えて、エメラルドのような碧《みどり》の瞳が開かれた。

「おはよう、レティ」

「おはよう……ございます……か……テオ、様」

閣下と言いかけて、言い直したようだ。

まだ『テオ様』と呼ぶのに慣れないらしく、たまに『閣下』が出てくる。

それもまた可愛い。

レティと本当の意味で情を交わしてから、十日ほど経った。

あの日から毎晩レティは夜は俺の腕の中で眠っている。

タニアが寂しがるのではないかと思ったが、意外なことに笑顔で俺の元に送り出してくれるのだそうだ。

俺とレティの仲が深まったことで、俺はタニアとも仲直りをすることができた。

タニアもシロも、以前のようにニコニコと笑顔を向けてくれる。

一度だけ見たあのふくれっ面も可愛かったが、やはり笑顔の方がいいのは間違いない。

「今日もいい天気のようだ。出かけるのにはちょうどいい。体は大丈夫だろう？」

「はい、ちゃんと動けそうです」

最初の五日ほどは、加減がわからなかったのと、我慢がきかなかったので、レティが午前中はほぼ動けなくなってしまうくらい毎晩抱きつぶしてしまった。

とはいっても、当然ながら嫌がるレティに無理を強いたのではない。

レティはいつもキスを強請《ねだ》ってくるし、細くしなやかな手足を俺の体に絡めて積極的に求めてくるのだ。

そして胎内に精を注ぐと、実に幸せそうな顔をして受け止める。

そんなことをされて、つい理性が消し飛んでしまうのもしかたのないことではないか。

だが、カルロスとマリッサと、レティに乗馬を教えるのを楽しみにしているユーゴにまで苦言を呈されてしまい、流石にマズいと自覚して加減をすることを覚えた。

レティが気を失うまで攻めたてるのもいいが、行為の後にお互いに労り合って愛を囁きながら眠るというのも、また違った意味でいいものだということを学んだ。

今日は、マナーハウスから少し離れたところにある農村に、レティたちを連れて行く予定になっている。

だから、昨夜はあまり時間をかけず、一度だけで我慢しておいた。

数日前からレティたちが楽しみにしているお出かけを、俺の欲のせいで延期なんてことになったら、またタニアに怒られてしまう。

「テオ様、これから行く村は特別なところだと聞いていますが」

「ああ。簡単に言えば、試験農園だな。作物の品種改良の研究を行っているのだ」

「品種改良！　ええと、病気に強いとか、冷害とか干ばつでも育つとか、そんなふうに作物の性質を変えるのですよね」

「そうだ。よく知っているな」

「王都の邸で、ローヴァルについて本を読んで勉強したのです」

レティは実家では最低限の教養しか身につけることができなかったそうで、邸の書庫にある本を読んで自主的に勉強をしている、とマリッサからの報告があったのは、レティが愛人になった数日後のことだった。

そういう生真面目な面も好ましい、とその当時から思っていた。

レティが望むなら、王都に戻ってから家庭教師を雇ってもいい。

教養はレティの助けになるだろう。

「ほら、着いたぞ。ここがカーサ村だ」

試験農園はカーサ村という名になっている。

元々あった村に農業の専門家や研究者を呼び寄せて、村全体を試験農園に作り変えたのだ。

「閣下、お待ちしておりました」

「久しいな。皆は息災か」

「はい。皆、元気に研究に励んでおりますよ」

出迎えたカーサ村の村長は、麦の研究をしているイアンという男だ。

もう老齢に差しかかるくらいの年齢で白髪交じりの頭をしているが、いつ見ても好奇心に瞳が輝いている。

そして、今はその視線は俺の隣のレティたちに注がれている。

「レティ、村長のイアンだ。イアン、聞いているとは思うが、レティシア・マークスと、妹のタニアだ」

「レティシア・マークスと申します。よろしくお願いいたします」

「イアンと申します。これはこれは、噂以上にお美しい！　閣下も隅に置けませんな」

この試験農園は父が若いころに始めた事業で、イアンは事業開始当初からいる一番の古株でもある。

こうして俺に軽口を叩くくらい気安いのはそのためだ。

「そうだろう？　俺の妖精姫だからな」

そう言ってレティの細い腰を抱き寄せてハニーブロンドにキスを落とすと、レティは真っ赤になって恥ずかしがる。

それもまた可愛くて、ついつい人前でこのように触れてしまうのだ。

そんな俺たちに、イアンは苦笑した。

「レティたちに村の案内を頼む。それから、果物もいくつか収穫させてやってほしい。その間に今年の成果の報告を聞こう」

「心得ております。レティシア様たちの案内は娘夫婦に申しつけておりますので」

顔見知りの夫婦がやってきて、レティたちを連れて行った。

護衛もシロもいるから、あちらはなにも心配ない。

植物の品種改良とは、とても時間がかかる気の長い取り組みだ。

それでも一定の成果が上がっているのは、村長を始めここの研究者たちが優秀だからだ。

多額の費用もかかっているが、そのうちそれも全て回収できる見込みになっている。

エデルマン公爵家の潤沢な資金と肥沃な領地があるからこそ可能な先行投資なのだ。

俺は村長宅の応接室に招かれ、一通りの報告を聞いた。

今年もいくつかの作物で満足のいく結果が出ているそうだ。

もちろん上手くいかなかった研究もあるが、そういう失敗を積み重ねることで、やがて成功が導き出されるものだ。

この村の事業を通して、失敗も一つの立派な成果だということを、俺は父から教えてもらった。

俺が毎年この村を訪れるのは、この報告を聞くためなのだが、今年はそれとは別の目的がある。

「ところでイアン。一つ尋ねたいことがあるのだが」

「はい、なんでしょうか」

「其方《そなた》は、植物魔法のことに詳しかったりしないか」

「植物魔法ですか……久しぶりに聞きましたな。生憎、私はその方面には明るくありませんが……閣下がそのようなことをお尋ねになるということは、もしかして植物魔法の使い手が現れたのですか？」

「ここだけの話だが、レティかタニアがそうではないか、という疑いがある」

「なんと！　レティシア様たちが……」

俺がレティたちが植えた野菜と花が急成長したことを話すと、イアンは難しい顔をした。

「それは……もし植物魔法によるものだとしたら、素晴らしいですな。是非とも研究に協力していただきたい、と言いたいところですが……別の問題が出てくるのでしょうね」

「ああ、そうだ。レティたちが狙われる可能性がある」

植物魔法で作物の生産量を上げることができるのだとしたら、その使い手はとてつもない富を生み出すことになる。

各地の領主という規模でなく、国を挙げて囲い込みたいくらいの存在だ。

エデルマン公爵家でも守りきれないかもしれない。

それでなくても美しい姉妹なのだ。

大金をはたいてでも手に入れて、二人並べて愛でたいと思う好事家も掃いて捨てるほどいることだろう。

ゲオルグのこともあるし、これ以上の厄介事は避けたい。

「そのことは、レティシア様たちはご存じなのですか」

「いや、まだなにも知らせていない」

イアンは眉間に皺を寄せながらも、はっきりと意見を述べた。

「もし閣下がローヴァル、もしくはタータル全体をもっと潤わせたいと望まれるなら、レティシア様たちに協力していただいて植物魔法の検証をすべきでしょう。私は魔法のことには詳しくありませんが、先ほどのお話からすると、とんでもない成果が出ると思います。閣下は今以上の富と名声を得ることができるでしょう」

「そうだろうな」

「ただし、そうした場合、レティシア様たちは幸せに暮らせないかもしれません。最悪の場合、どこかの研究機関に閉じ込められて、実験動物のような扱いをされる可能性もあります。植物魔法とは、それだけ希少性が高いのです」

俺は思わず顔を顰めた。

レティたちが実験動物にされるなど、考えるのも不快だ。

「閣下がレティシア様たちの安寧を望まれるのなら、検証もなにもせずひたすら秘匿する、というのも一つの方法かと思います。検証するとなると、どうしても場所や協力者が必要ですので、それだけ秘密も漏れやすくなってしまいますから。魔法を有効活用した場合に得られる利益を全て諦めることにはなりますが、そうするのが一番安全で簡単です。それとなくご本人たちにだけ事情を説明し、今後はガーデニングなど植物を育てるようなことをしなければ、誰にも気づかれることはないでしょう」

それは、俺も考えていたことだった。

現状、タータルもローヴァルもエデルマン公爵家も、十分に潤っている。

無理をしてこれ以上の富を求めなくても、特に困ることはないのだ。

「どの道を選ばれるかは、閣下次第です。私はこのことは誰にも口外いたしませんので、ご安心ください。どのような判断であろうと、カーサ村の住民一同は閣下を支持することに変わりはありません。なにかありましたら、いつでもご相談ください」

俺は礼を言って、イアンの家を出た。

「どう思う」

俺の後ろに控えてイアンの話を聞いていたカルロスに問いかけてみた。

「私は……旦那様と、レティシア様たちに幸せでいてほしい、と思っております」

俺もそう思う。そうなってほしいと思っている。

「私も、イアン村長と同じです。旦那様がどのようになさるにしても、これまでと変わらずお仕えするだけです」

レティたちが幸せでないと、俺も幸せになどなれない。

俺たちを傍で見ているカルロスは、それをよくわかっているはずだ。

「テオ様！」

畑の方に向かうと、葡萄棚の間から顔を出したレティが手を振っているのが見えた。

その後ろからタニアがぴょんと飛び出し、シロと一緒にこちらに向かって元気に走ってきた。

腰をかがめて両腕を広げてやると、先日とは違って遠慮なく飛びついてきたので、そのままタニアの小さな体を抱き上げた。

「葡萄狩りは楽しかったか？」

タニアはニコニコ笑顔で頷いて、俺もつられて笑顔になった。

妹の後を追ってきたレティも抱き寄せ額にキスをすると、恥じらいながらも嬉しそうに笑う。

「果物が木になっているのを初めて見ました。葡萄の木は面白い形をしているのですね」

「あれは蔦だからな。自分で収穫した葡萄は美味しかったか？」

「はい！　とても！　タニアもびっくりするほどたくさん食べたのですよ」

「そうか。タニアはここの葡萄が気に入ったか。なら、また来年も食べに来ような」

「わぁ！　また連れてきてくださるのですか？　嬉しい！　ね、タニア」

レティは瞳を輝かせて喜び、タニアは俺にぎゅっと抱きついてきた。

二人から伝わる体温は、いつも俺の心を温めてくれる。

なにを迷うことがある。

俺は、この美しい姉妹を守ると決めたのではないか。

この二人が再び虐げられ、涙で頬を濡らすようなことになったら、俺は国を滅ぼしてでも救い出そうとするだろう。

そうなった場合の損害を考えたら、植物魔法を秘匿することでふいになる利益など安いものだ。

これからも、この笑顔を守ろう。

それが俺のすべきことだ。

第五章

テオ様は私を抱くのに随分と慣れたようだ。

今夜は私のナイトドレスを性急に剥ぎ取って、私の中に入ってきた。

テオ様にそれだけ求められていると思うと嬉しくて、私のその部分もすぐに蜜を溢れさせ、なんの抵抗もなくあっさりと奥まで侵入を許してしまう。

私の体もすっかりテオ様に抱かれることに慣れてしまっているのだ。

奥を抉られる快感に震えながらぎゅっと締めつけると、テオ様が形のいい眉を寄せて呻く。

「う……其方《そなた》は中も可愛いな……」

「は……テオ様……嬉しい、です……もっと……」

「ああ、今夜もしっかり奥に注ぐからな」

力強い律動で揺さぶられ、たまらずに逞しい背中に腕を回すと、汗ばんだ素肌が触れ合い、そこから溶けてしまいそうなほどの熱を感じる。

もっとほしくてすがりつこうとしたのに、一気に楔が引き抜かれてしまった。

切ない、と思う間もなく体をうつ伏せにひっくり返されて、腰だけ高く持ち上げられて後から再び貫かれた。

になった。

「あ、あああああっ！」

より深いところまで届く挿入に私は嬌声をあげ、そこからがつがつと奥を穿たれ息が止まりそう

こうされると私はすぐにイってしまう。

「はぁ……も、ダメ……イっ……あああぁっ！」

体がびくびくと跳ね、テオ様を締めつける。

イっている最中に更に攻めたてられることもあるが、今夜のテオ様は律動を止めて私の背中に赤いキスの痕をつけることにしたようだ。

私の体のいたるところにはテオ様の痕が残されていて、お風呂や着替えの際にマリッサたちに見られるのが恥ずかしいのだが、私がテオ様のものだということを示すものでもあるので、痕が増えるのは嬉しくもある。

しばらくして絶頂の波が鎮まると、またテオ様は律動が始まった。

そうして二度ほどまたイかされてから、再び仰向けに転がされて両脚を肩にかけられた状態で奥まで貫かれた。

角度の変わった挿入に頭の中が真っ白になりながらのけ反り、首を振った。

「あっあっ、ひっあっ、も、また、あああっ、んあああぁっ！」

激しく突き上げられて私はすぐにイってしまったのに、今度はテオ様も果てが近いらしく、律動をやめてくれない。

絶頂に蠢《うごめ》く胎内を更に刺激されると、あまりの快楽でおかしくなりそうになってしまう。

跳ねる私の腰を押さえつけ、一際強く奥まで突き入れたテオ様はそこでやっと精を吐き出した。

「くっ……は……レティ……」

「あ……テオ様……」

待ち望んでいた、一番幸せな瞬間。

名前を呼ばれながら注がれるのは大好きだ。

とても愛されていると感じる。

ただ、王家の血を引くテオ様には精通した時から避妊魔法がかけられているのだそうで、どれだけ種をバラまいても実ることはないのだそうだ。

奥で熱い飛沫を感じるたびに、多幸感に満たされると同時にテオ様の子を授かれないことを残念に思ってしまう。

テオ様はゆっくりと体を離すと、口移しで水を飲ませてくれた。

それから準備してあった濡れ布巾で動けない私の体を清めて、寝台に横になって改めて私を抱き寄せる、というのがいつもの流れだ。

行為の後に素肌が触れ合うのも、とても気持ちがいい。

私はテオ様の鎖骨のあたりに顔を埋めて、幸せな吐息をついた。

「レティ。明日、連れて行きたいところがある」

そうだと思った。

翌日に私の予定がある時は、無理をしないように一回で終わらせてくれるのだ。

「どこに連れて行ってくださるのですか？」

「俺のお気に入りの場所だ。ここから少し距離があるのだが、ローヴァルに戻ってくると毎回一度は行くことにしている」

具体的にどんな場所なのかは教えてくれない。

行ってからのお楽しみということなのだろうか。

「それから、明日は……其方《そなた》と俺と、二人だけで行く」

「タニアとシロは置いて行くのですか？」

「そうだ。一応は騎士たちを数人連れて行くが、俺たちからは距離をとってついてくるように命じてある。ほとんど俺たち二人きりだと思ってくれたらいい。このあたりは治安もいいから、俺がいれば本当は護衛も必要ない」

それは、私も知っている。

王都から来てくれている騎士たちの剣術指南を見学した際、テオ様の圧倒的な強さにびっくりさせられた。

剣術もさることながら、氷と炎の二属性の魔法を巧みに使い騎士たちを吹き飛ばしていて、テオ様の『氷炎公爵』という二つ名の意味を初めて目の当たりにした。

数十人のそれなりに鍛えた賊が襲ってきたとしても、テオ様なら一撃で氷漬け、もしくは黒焦げにしてしまうだろう。

「そうですわね。テオ様がいたら、なにも怖くありませんわ。タニアとシロには、私から言い聞かせますから大丈夫です。ちゃんと聞き分けてくれますわ」

もう一度キスをして、私たちは目を閉じた。

翌朝、私とテオ様は一頭の馬に二人乗りしてマナーハウスを出発した。

私の乗馬技術ではまだ遠出は無理だということで、一人で乗るのは許してもらえなかったのだ。

ただ、テオ様に抱きかかえられるようにして馬に揺られるというのもなんだか嬉しくて、逞しい胸に頬を埋めて甘えると、テオ様も私の髪をそっと指で梳いてくれた。

邸で二人きりになることは寝室以外でもたまにあるが、外では初めてだ。

貴族というのは、いつも護衛やメイドなどを連れているものなのだ。

実家にいた時はともかく、テオ様に引き取られてからは呼べばすぐに誰かが来るような生活だった。

遠くで数人の騎士が護衛しているらしいが、私からは見えないし、どこにいるかもわからない。

本当にテオ様と二人きりのようで、とても解放感がある。

眼帯を外してからのテオ様は、私に甘くなったというだけでなく、使用人や騎士たちとも以前より言葉を交わすことが多くなり、その中ですっきりとした笑顔を見せるようになった。

きっとこれが本来のテオ様なのだ。

テオ様も周りの人たちも今の方が幸せそうにしている。

そして、私もテオ様の笑顔に幸せを感じている一人だ。

かつてのテオ様も好きだったが、今のテオ様は大好きだ。

左右を麦畑に挟まれた道を馬で進み、やがて小高い丘にやってきた。

その頂上が目的地だったらしく、テオ様は馬を停めて私を地面に降ろしてくれた。

「いい景色ですね。遠くまで見晴らしがよくて」

いくつかの集落が点在していて、それを囲むように緑から黄金に色が変わりつつある麦畑が広がっている。

風が吹き抜けると、麦畑はさざ波のように波打ち、さやさやと揺れ動く。

畑の間の小路を、荷馬車がのんびりと進んでいるのが見える。

長閑で豊かな田園風景は、まるで一幅の絵画のようだ。

「ローヴァルに来ると、父は毎回ここに俺を連れてきて、ここから見えるものは全て、エデルマン公爵家が守るべきものだと教えてくれた。父は祖父からそう教えられたと言っていた。ここは父との思い出の地でもあり、代々伝わる教えを新たに胸に刻む場所でもある。この美しい風景を守るのが、エデルマン公爵家の誇りであり使命なのだ」

なるほど。

そう思って改めて景色を見回すと、納得ができた。

ローヴァルは広大な穀倉地帯で、ここで生産する作物はタータル全体を支えていると言っても過言ではない、と本に書いてあった。

ここから見える麦畑も集落も、そこに暮らす人々も、大切に守らなくては国全体が飢えることになる。

そんな重要な地域だからこそ、王家と密接な関係があるエデルマン公爵家に預けられているのだ。

「ここがテオ様のお気に入りな理由がよくわかりましたわ。本当に、いい景色ですもの」

「気に入ってくれたか？」

「はい、とても」

テオ様が、こんなにも大切な場所に私を連れてきてくれたことが嬉しくて、私よりもかなり高いところにある美貌を見上げて微笑んだ。

「では、来年もここに一緒に来てくれるか？」

「はい。もちろんですわ」

「再来年も、その先も、十年後も二十年後も、俺か其方《そなた》が死ぬまで毎年な」

「それは……」

どういう意味だろう。

まるで、求婚されているかのように聞こえる。

私は、ただの愛人なのに。

「そのままの意味だ。これから先も、ずっと俺の傍にいてほしい。其方《そなた》がいない人生など、俺にはもう考えられない」

「ですが……テオ様には、いつか相応しい方が」

「其方《そなた》以上に相応しい女がどこにいるというのだ。俺が触れることができる女は、其方《そなた》とタニアだけなのだぞ」

「……」

「身分のことなら、なにも問題ない。其方《そなた》をセーラの養女にしてもらえるように打診してある。オブライエン侯爵家からしても利のある話だから、断られることはないはずだ」

え？　そんなことになっていたの？　いつの間に？

「今にして思えば、以前の俺の目に映るものは全て灰色だった。俺は己に課された責務を果たし、父からの教えに背かなければそれでいいと思っていた。俺自身の望みや幸せなど、考えもしなかった。そんな俺の前に其方《そなた》が現れてから、世界は一変した。其方《そなた》は俺の世界に色彩を取り戻してくれた。こうして其方《そなた》の傍で、眼帯を通さずに見る世界は輝きに満ちている。もう灰色などどこにもない」

私だってそうだ。

私の世界も、かつてはタニアとシロ以外は全て灰色だった。

実家にいたころでも青空や草木の緑が見えていたはずなのに、私はそれを美しいと思わなかった。

だが今は、たくさんのものの中に美しさを見出すことができる。

こうなったのも全て、テオ様の優しさに触れてからのことだ。

「其方《そなた》がいなくなったら、俺はまた灰色の世界に逆戻りすることになるだろう。そうなったら、俺はきっと生きていけない。今度こそ心が死んでしまう。そう断言できるくらい……俺は其方《そなた》を愛している」

テオ様は私の手をとり、その場で跪いた。

「レティ。其方《そなた》だけでなく、タニアとシロの未来も守ると誓う。だからどうか、俺の正式な妻になってほしい。俺には其方《そなた》が必要なのだ」

「……テオ様……」

「公爵夫人となっても、今と変わらず自由に過ごしてくれて構わない。無理をして社交をする必要などない。ただ、俺の傍で笑っていてくれたら、それでいい。だからどうか、俺の求婚を受け入れてくれないだろうか」

美しい蒼穹《そうきゅう》と紅玉の瞳が、真剣な光を湛えて私を見上げている。

美貌の公爵閣下。

私を救い出してくれた、優しい人。

いつかお別れする日が来るのだと思いながらも、私も心から愛さずにはいられなかった。

「本当に……私でいいのですか」

「其方《そなた》がいいのだ。其方《そなた》を愛しているのだ、レティ」

「私が、テオ様の子を産んだら……可愛がってくださいますか」

「もちろんだ！　この世で一番幸せな子供だと言えるくらい、たくさん可愛がるよ。其方《そなた》の子なら、男でも女でも何人いてもいい。きっとタニアのように可愛い子が生まれるだろう」

テオ様を愛するようになってから、本当はずっとテオ様の子がほしいと思っていた。

テオ様に、血の繋がった家族を作ってあげられたらと願っていた。

テオ様との間にできた子をこの手で抱くことができたら、どれだけ幸せだろうと夢見ていた。

だが、それは私の役目ではないと諦めていた。

「私、テオ様の子を産んでも、いいのですね……」

嬉しくて嬉しくて、ぽろぽろと涙が零れた。

「求婚を、お受けします。ずっと傍にいさせてくださいませ」

「レティ……！」

テオ様の顔がぱっと輝き、私は力強く抱きしめられた。

「テオ様、愛しています」

「俺も愛している。これからもずっと愛し続ける」

私たちは何度もキスをして、互いに愛を誓い合った。

こうして私たちの初めての二人でのお出かけは、忘れられない求婚の思い出となり、私はテオ様の愛人から婚約者になった。


丘からマナーハウスに戻る復路は、往路より甘々具合が当然ながら増した。

私はテオ様の胸にぴったりとくっついて、テオ様もそんな私のハニーブロンドにキスをして、たまに上を向かされて唇にもキスをされながら、馬の上でいちゃいちゃし通しだった。

そうして帰り着いたマナーハウスでは、使用人たちがじりじりしながら待ち構えていた。

「レティを正式に公爵夫人とすることになった」

テオ様がそう宣言すると、皆わっと歓声をあげて喜んでくれた。

「坊ちゃまが、ついに、ご結婚を……あの小さかった坊ちゃまが……これでエデルマン公爵家は安泰です！　旦那様たちの墓前にご報告を！」

「旦那様！　レティシア様！　おめでとうございます！」

「やっとレティシア様を奥様とお呼びできるのですね！　なんて嬉しいことでしょう」

「レティシア様、いえ、奥様！　坊ちゃまをよろしくお願いいたします」

タニアとシロも走ってきて、私たちに飛びついた。

「タニア。俺が義兄になることを許してくれるか」

タニアはぱっちりとした新緑の瞳を私に向け、それからまた問いかけるようにテオ様を見上げた。

「レティのことは、必ず幸せにする。俺が一生守ると誓う。だから、その権利を俺にくれないだろうか」

タニアはニコニコ笑顔で勢いよく頷き、シロもその横で尻尾を振っている。

このふたりも、私たちが結婚することを祝福してくれているのだ。

「タニア、シロ。私たちの家族が増えたわ。嬉しいわね」

「将来的にはもっと増えるぞ。姪か甥ができるからな。楽しみにしていてくれ」

タニアはまた頷いたが、私はテオ様の言葉の意味を考えて顔が赤くなった。

俯いた私をテオ様が抱き寄せ唇にキスをすると、また大きな歓声と拍手が響いた。

なんだか既に結婚式をしているみたいだ。

「わんわん！」

シロが外に向かって吠えたのは、幸せな気分に浸っていたそんな時だった。

見ると、公爵家の騎士と使者の服装をした人が玄関から駆け込んでくるところだった。

「何事だ!?」

とカルロスが鋭く問いかけると、

「ジルヴェスター・ロゥ・タータル第二王子殿下です！」

と、汗だくの使者が書簡をカルロスに差し出した。

だが、その内容を確認する間もなく、

「テオ！　レティシアちゃん！　遊びに来たよ～」

第二王子殿下がひょいと使者の後ろから顔を出した。

突然の王族の登場に、それまで浮かれていた全員が絶句したのは言うまでもない。

「驚かせてごめんね！　テオに関するびっくりするような報告があがってきて、気になって気になってしょうがなくて、つい王都を飛び出してしまったんだよ。一応早馬で先触れを出したんだけど、気が急きすぎてその早馬に追いついてしまったのには自分でも笑ったね」

急遽整えられた客室で身を清めて着替えた殿下は、応接室でお茶を飲みながら優雅に笑った。

対するテオ様は、渋い顔をしている。

「本当に眼帯外してるんだね。それに、テオが可愛いにまみれてる……」

テオ様は渋い顔をしながらも、タニアを膝に座らせ、隣に座った私の腰を抱き寄せていて、足元にはシロが控えている。

可愛いまみれ、と言っていい状態だ。

「羨ましいだろう」

「くっ……素直に、羨ましいよ……」

見せつけるようにタニアの髪を撫でて私の頬にキスをして、ふふんと笑って見せるテオ様に、殿下は悔しそうな顔をした。

「セーラも羨ましがるだろうな……」

「セーラから、聞いたか」

「レティシアちゃんと結婚するから、養女にしてほしいって手紙を送ったんでしょ。セーラも驚いてたけど、受けてくれると思うよ。あそこは男の子が二人だからね、可愛い女の子がほしいって前から言ってたんだ」

私が知らないところで、話がかなり進んでいるらしい。

「あ、あの、テオ様」

「ん？　どうした」

思わず遮った私に、テオ様はとろりと甘い笑みを見せ、殿下は信じられないものを見たように蒼《そう》穹《きゅう》の瞳を瞬かせた。

「私がオブライエン侯爵家の養女になるとして……タニアは、どうなるのですか」

タニアは今のところ、私の妹としてエデルマン公爵邸で暮らしているわけで、私が他家の養女になったらどういう扱いになるのだろう。

「心配するな。タニアのことも、ちゃんと考えてある」

養女にしてもらうよう打診したのは、私に関してだけなのだそうだ。

美しく成長することは間違いないにしても、話すことができないタニアには社交は難しいと思われるからだ。

それに、なにかと柵《しがらみ》が多い貴族として生きるのはタニアには窮屈かもしれない。

それでもタニアが望むなら、エデルマン公爵家が後ろ盾となって社交界デビューすることは可能だ。

そうでないなら、公爵夫人の妹として、今と同じように邸で自由に過ごせばいい。

タニアはまだ幼く、将来のことを決定するには早すぎる。

デビューするかどうかは、十六歳になるまでにタニア自身が決めればいい。

同じように、結婚相手もタニアに選ばせる。

相手次第では反対することになるが、シロが変な男は近寄らせないだろう。

結婚しないというならそれでもいいし、テオ様が候補者を見繕うこともできる。

タニアの未来は、タニアが自分で決めるのだ。

それでいいな？　と問いかけるテオ様に、タニアは笑顔で大きく頷いた。

「ありがとうございます！　タニアには、私も選択肢をあげたいと思っていたのです！　本人が選べるなら、それが一番ですもの」

まだ六歳ではあるが、聡いタニアはテオ様の言葉の意味をわかっているはずだ。

私には選択肢などなかったが、タニアはこれから自由に未来を選ぶことができる。

こんなに幸せなことはない。

私が夢見ていたことを、テオ様は全て叶えてくれる。

「ありがとうございます、テオ様……私、本当にテオ様の愛人になってよかった」

「もう愛人ではない。婚約者だ。婚約者もその妹も、大切にするのは当然のことだ。俺たちはもう、家族だからな」

テオ様はこつんと私の額に額をくっつけ、二人で笑い合った。

殿下はそんな私たちを見て、なぜか苦し気に胸を押さえていた。

「甘い……甘すぎる……」

その夜は、晩餐会というよりは宴になった。

元々、テオ様が私に求婚するつもりであるということを聞いていたカルロスたちが、ささやかなお祝いを計画していたのだそうだ。

そこに第二王子殿下一行が加わり、ついでだからと王都から来ている二十人の騎士たちまで加えて、賑やかな宴会をすることになったのだ。

当然ながら事前に準備されていた食材では足りず、騎士たちはマナーハウスの庭で豪快に鹿の丸焼きや大鍋で作るシチューなど、野営で食べるような料理を大量に作り、それに全員で舌鼓を打った。

焼きたてのお肉も、森で採ってきたという山菜や茸《きのこ》のシチューも美味しくて、私もタニアもシロもおかわりをしてたくさん食べた。

シロは鹿の骨までもらって美味しそうに齧っていた。

そんな私たちにテオ様は優しく瞳を細め、礼儀作法もなにもない宴の中で好きにさせてくれた。

酔った殿下がカルロスに絡んだり、演劇かなにかの台詞をもじってメイドを口説こうとした騎士がドン引きされてフラれたのをまた芝居がかった仕草で大袈裟に嘆いたり、ローヴァルに古くから伝わる民謡を皆で歌ったりと、夜会とは全く違って笑いの絶えない楽しい宴は夜中まで続いた。

もちろんタニアはそんな時間まで起きていられないので、私はタニアとシロを連れてある程度のところで部屋に戻った。

今夜はテオ様も遅くなるだろうからと、久しぶりにタニアと一緒に寝ようとしたら、寝間着に着替えたテオ様がやってきて、そのまま三人で寝ることになった。

最初ははしゃいでいたタニアだったが、すぐに眠ってしまった。

今日もたくさん遊んで疲れていたのだろう。

かつて私とテオ様の間には、分厚い本で築いた境界線があった。

そこに今はすやすやと眠るタニアがいる。

テオ様はタニア越しに手を伸ばし、私の頬に触れた。

その温かさが気持ちよくて、私はその大きな手に頬ずりをした。

テオ様が好き。

タニアとシロのことも大切にしてくれる、優しいテオ様が大好き。

「テオ様、愛しています。おやすみなさい」

「俺も愛しているよ、レティ。おやすみ」

私たちはちょうどタニアの真上でキスをして、それから眠りについた。


翌朝、意外にも殿下は寝過ごすことはなく、私たちと同じ朝食の席についた。

「レティシアちゃん、今日の予定は？」

「午前中はテオ様について牧場とチーズを作っている工房を視察して、その後はピクニックをすることになっています」

「じゃあ、僕も行くよ！」

「……そう言うと思って、昼食を多めに準備するように料理人に伝えておいた」

「やった！　助かるよ～」

昨日の宴に続き、今日の昼食のお弁当まで大量に作る料理人は大変だろう。

後でタニアと一緒にお礼を言いに行かなくては。

朝食の後、準備を整えて早速出発した。

私は今日もテオ様と馬に二人乗りだ。

人目があるから昨日みたいにいちゃいちゃはできなくても、ぴったりくっついていられるので安心感がある。

殿下はタニアを自分の馬に乗せたがったが、タニアは嫌がって結局フィオナの馬に乗ることになった。

甘く整った顔立ちの殿下は今まで女の子に拒絶されたことがないらしく、タニアに逃げられてとても衝撃を受けていた。

タニアが嫌がったのは、私が殿下に心を許していないのを感じ取っているからかもしれない、と思うと少し申し訳なくなってしまった。

しょんぼりしていた殿下だったが、工房に着くとすぐに元気を取り戻し、上機嫌で試食をさせてもらっていた。

「このチーズ美味しいね！　こっちのは味が違う！　在庫はまだあるよね？　ホールで買うから、王都まで送ってくれる？」

流石は王子様と言うべきか、買い物の単位も豪快だ。

対応してくれていた職員も突然の大口注文に大喜びで、殿下の側近と値段交渉をしていた。

私からしても美味しいチーズだったので、今後も贔屓にしてくれたらいいなと思う。

「今年も作物の出来は上々だ。特に問題なく冬を越えられそうだな」

ハムと葉野菜のサンドイッチを食べながら、テオ様は満足気にそう言った。

ピクニックのため立ち寄ったのは、チーズ工房から少し離れたところにある見晴らしのいい野原だった。

爽やかな風が野の花を揺らし、遠くには緑の山々が見える。

とても気持ちのいい場所だ。

「そうなのですね。よかったですわ」

ローヴァルに住む人々は皆とても温かくて、愛人という不安定な立場の私にも優しくしてくれた。

タニアとシロが元気に駆け回るのを、目を細めて見守ってくれる。

ここの人々が穏やかに暮らせるなら、私も嬉しい。

「レティ。ローヴァルに来てよかったか？」

「はい！　食べ物も美味しくて、きれいな場所がたくさんあって、住人の皆さまもいい方たちばかりですもの。私もタニアもシロも、ローヴァルが大好きになりましたわ。正式にテオ様の妻になったら、私もローヴァルの皆さまのお役に立ちたいと思っています」

「そうか。それは頼もしいな。レティはいい公爵夫人になれそうだ」

「そうなれるように、勉強しますわ！　テオ様とローヴァルのために頑張ります！」

私たちが顔を寄せて笑い合うと、リーシアやマリッサは普通なのに、殿下と数人の騎士たちが胸を押さえて苦しそうな顔をした。

最近よく見る光景だが、なぜそんな顔をされるのか私にはよくわからない。

リーシアたちに尋ねてみても、『あの方たちの心の問題ですので、なにも心配なさる必要はございません』としか答えてくれなかった。

私が悪いことをしたわけではないということらしいので、気づかないふりをすることにしている。

タニアがトコトコと私たちの前にやってきた。

その手には、野花で編んだ花冠が二つ。

「まぁ、きれい！」

「上手にできている。タニアは器用だな」

褒めてあげるとタニアは照れたように笑い、それから私とテオ様の頭に花冠を一つずつのせた。

その後ろでシロは尻尾を振り、一緒に来ている使用人や騎士たちも皆笑顔になった。

可憐な野花で作られた花冠も、テオ様によく似合う。

蒼穹《そうきゅう》と紅玉の瞳に映えて、なんとも鮮やかだ。

「あぁ、もうこのままここで結婚式ができないものか」

「テオ様ったら、気が早いですわ」

「ちょうどいいことにジルもいるから、立会人になってもらえばいい」

「やめて～！　そんなことになったら、僕が各方面から怒られるじゃないか！　勘弁してよ！」

殿下が悲鳴をあげて、また皆で笑った。

「わんわん！　わんわんわおおおん！」

そんな楽しく和やかな空気を、シロの警戒の声が突如として切り裂いた。

私が今まで聞いた中で、最も緊迫した響きのある声だ。

テオ様と騎士たちは瞬時に臨戦態勢に入り、殿下たちも疑問を口にすることもなく即座にそれに倣い、メイドたちは私とタニアを中心に集まり、その前にフィオナとザックが立った。

「なにがあったのかしら」

「大丈夫ですよ。旦那様も第二王子殿下もとてもお強いですから。軍隊かドラゴンでも出てこない限り瞬殺です」

ザックは剣に手をかけたまま、私たちを安心させるよう穏やかに教えてくれた。

「そこで止まれ！　それ以上近づくな！」

騎士の一人が鋭い声をあげた。

その視線の先には、ボロボロの外套を着た男が一人。

すごく嫌な予感がして、思わずタニアを抱きしめた。

あれは、もしかして……

「やっと、見つけた」

男は薄汚れたフードを後ろに払い、顔を晒した。

随分と窶れているが、確かに私がよく知っている顔だった。

そして、男の視線は真っすぐに私に向けられている。

「レティシア……迎えに来たよ」

「お義兄様！」

それは、行方不明になっていたという義兄ゲオルグだった。

マークス子爵家を怪しげな方法で死滅させたゲオルグは、指名手配されている重罪人なのだ。

ここ最近、毎日が幸せすぎてすっかり忘れていたが、王都から二十人もの騎士が来てくれているのは、私に執着しているゲオルグを警戒してのことだ。

そしてゲオルグは、案の定私の前に現れた。

「ゲオルグ・マークスだ！　呪具を持っている可能性がある！　油断するな！」

騎士たちは剣を構え、慎重に距離をとってゲオルグを取り囲んだ。

だが、まるでそれが見えていないかのように、ゲオルグは私だけを見ている。

「レティシア、こっちにおいで。一緒に俺たちの家に帰ろう」

ゲオルグは私に向けて手を差し出した。

その濁った瞳にはぞっとするような狂気の光がある。

私の記憶にあるゲオルグは整った顔立ちをしていたというのに、今はもう見る影もない。

「お父様たちを殺したのは、お義兄様なのですか⁉」

ゲオルグは唇の両端をつり上げた。

「そうだよ。俺とおまえを引き裂いた罰だ」

「ロザリーまで！　あの子は、まだ成人もしていなかったではありませんか！」

「あいつは、俺の部屋から媚薬を盗んだ。おまえの取り巻きだった男たちに、おまえを襲わせるつもりだったそうだ。それだけでも許せないというのに、あいつがそんな馬鹿なことをしてくれたおかげで、俺は家を出るはめになってしまったんだ。なんとかしておまえを取り戻そうとしていた俺の努力を、全部台無しにしてくれた。殺されても当然だろう」

私はロザリーのことは好きではなかったが、死んでほしいと願うほど憎んでいたわけではない。

両親とは違い、まだ未成年なのだから矯正できる可能性があったと思うのだ。

それなのに、殺してしまうなんて。

ゲオルグにとって血の繋がった妹で、私が見た限りでは兄妹の仲は悪くはなかったはずなのに。

そこまでするほど、ゲオルグは私に深く執着しているのかと思うと、寒気がした。

「行こう、レティシア。おまえを本当に愛しているのは、俺だけだ」

「嫌よ！」

「もういい、レティ。なにを言っても無駄だ」

テオ様が遮った。

「ゲオルグ。おまえはもう逃げられない。この場で殺されたくなければ、大人しく縄につけ」

ゲオルグは悪鬼のような恐ろしい顔でテオ様を睨んだ。

「テオドール・エデルマン……よくも俺からレティシアを奪ってくれたな」

「奪ったのではない。レティが望んだことだ。外套を脱いで、跪け。抵抗するなら斬る」

「斬れるものなら斬ってみるがいい。おまえにも、報いを受けてもらうぞ」

ゲオルグの右手首につけられた腕輪から、なにやら黒い靄が出てきた。

ゲオルグは水魔法しか使えなかったはずなのに、あれはどう見ても水魔法ではない。

ということは、あれは別のなにかなのだ。

「呪具だ！　テオ！」

「ああ、しかたない！」

捕縛を諦めたらしいテオ様と殿下が、同時に氷魔法を放った。

呪具にはどういう機能があるのかわからない。

もしかしたら、マークス子爵家が全滅したように、周囲の人々を皆殺しにするようなものかもしれない。

そんなことになるくらいならと、氷漬けにすることを選んだのだろう。

二人の魔法は、素人の私から見ても強力なものだった。

撃ち出された無数の氷の礫がゲオルグに向かって飛んでいく。

だが、それは全てゲオルグの体を包むように広がった黒い靄に触れると、あっさりと霧散してしまった。

「なにっ⁉」

「ははははは、無駄だ！　これがある限り、俺は無敵だ！」

魔法が通らないならと、剣で斬りつけた騎士もいたが、どういう仕組みなのか黒い靄は剣も弾いて通さない。

「跪くのはおまえだ！　地面に這いつくばって惨めに命乞いをするがいい！」

ゲオルグは黒い靄に包まれた右手をテオ様に向けた。

きっと魔法かなにかが放たれると予想し、全員が身構えた。

なのに、しばらく待ってもなにも起こらない。

そして、ゲオルグは一人で焦り始めた。

「なっ⁉　なぜだ！　なぜ魔法が使えない⁉」

腕輪から滲み出る黒い靄は広がることはなく、ゲオルグの体に纏わりつくように増え濃度を増していく。

ゲオルグは腕を振り回してそれを払いのけようとしているようだが、みるみるうちにその姿は覆いつくされ見えなくなった。

「話が違う！　くそっあの野郎、騙しやがったな！」

ゲオルグが誰かを罵っている声が聞こえた。

どうやら、予想外の効果のある呪具を誰かに渡されたようだ。

「レティシア！　助けてくれ、レティシア！　レティシ……ぎゃあああああ！」

耳を塞ぎたくなるような悲鳴が響き、同時にそれまで一塊になっていた黒い靄がぶわっと周囲に広がった。

ゲオルグを中心に全方向に広がる靄に、取り囲んでいた騎士たちが靄に包まれ、それからテオ様や殿下やその後にいた私たちまで包まれた。

私は咄嗟に目を瞑ってタニアができるだけ黒い靄に触れないように抱き込み、リーシアとマリッサが私たちに覆いかぶさった。

そのまましばらく動かずにいたが、特になにも起こらない。

そっと目を開いてみると、どうやら皆無事でいるらしいことがわかった。

それぞれに腕や足を動かしたりして、自分の体に異常がないかを確かめている。

「レティ、無事か!?」

「はい、私はなんともありません。タニアも無事ね？」

タニアは私に抱えられたまま頷き、とりあえずほっと息をつくことができた。

ゲオルグがどうなったのかと、そちらに目を向けようとして、

「見てはいけません！　タニアさんも！」

フィオナに視界を遮られた。

「お義兄様は……」

「亡くなっておられます」

やはり、そうなったか。

でも、それだけで終わりなのだろうか。

ゲオルグを殺すためだけに、あの黒い靄が出てきたのだろうか。

いや、きっとそうではない。

もっと悪いことが、これから起こるのだ。

「わぁっ！」

「なんだ!?」

騎士たちの驚きの声が響いた。

「なに？　なにが起こっているの!?」

「草が、枯れていきます！　広がっています！」

足元に目を向けると、ちょうど瑞々しい緑だった草が見る間に萎れ、枯れてしまうところだった。

どうやら、ゲオルグの死体を中心に草が枯れていっているようで、あっという間に野原の草は全部枯れてしまった。

それだけでは収まらず、その先にある森の木もどんどん茶色く色を変えていく。

間違いなく、あの黒い靄の影響だ。

人ではなく植物を枯死させるためのものだったようだが……これは、どこまで影響が及ぶのだろう。

「レティはタニアを連れてマナーハウスに戻れ！」

「テオ様！」

「俺は後から戻る。大丈夫だから、いい子で待っていてくれ」

テオ様が心配だが、これ以上私たちがここにいても邪魔にしかならない。

ザックとフィオナに加えて五人もの騎士に囲まれながら、私たちはマナーハウスに戻ることになった。

戻りながら、畑が酷い状態になっているのが見えて、唇を噛んだ。

豊かに実っていた麦が見るも無惨に枯れ果てて、一本残らず地面に倒れ伏している。

見渡す限り、全滅だ。

遠くの山まで麓から茶色くなり始めているのが見えた。

ということは、少なくとも今私たちがいるところからあの山までの間、植物は全て枯れてしまっているということなのだろう。

ローヴァルはタータルを支える穀倉地帯だ。

それなのに、もうすぐ収穫するはずだった麦が全部枯れてしまったらどうなるのか。

考えるだけで全身から血の気が引くようだった。

逃げ込むように帰り着いたマナーハウスの庭も例外ではなく、庭師が丁寧に世話をしてた花も庭木も干からびていた。

動揺している使用人たちを、とにかくテオ様の帰りを待つしかないと説き伏せ、カウチに座り込んだところで私は動けなくなってしまった。

タニアとシロはそんな私にそっと寄り添ってくれた。

数刻後、テオ様と殿下たちがやっと戻ってきた。

全員顔色がとても悪い。

自然と集まってきた使用人たちを見渡し、テオ様は苦い表情で口を開いた。

「皆、落ち着いて聞いてくれ。ローヴァルの植物が全て枯れてしまった。草木だけでなく、畑の作物も果樹も全てだ。今年は、史上最悪の凶作になる。来年以降も、どうなるかわからない」

集まっていた使用人たちから悲鳴に似た声があがった。

ローヴァルで生まれ育った彼らは、これがどんな事態なのか私よりよく理解できているだろう。

「テオ様……」

「大丈夫だ。食料は輸入することもできる。ジルがすぐに王都に帰って、あっちでも対策をしてくれる」

テオ様は大丈夫だと言ってくれたが、それが嘘だということは私にだってわかる。

なんてことだろう。

大変なことになってしまった。

「ごめんなさい……私のせいで」

「レティ？」

抑えきれなくなった涙が溢れた。

体が震えて立っていられなくて、私は床に蹲った。

「私が、ローヴァルに来なければ……私が、テオ様を選ばなければ、こんなことには……」

「違う、レティ。其方《そなた》のせいではない」

テオ様も床に膝をつき、私を助け起こした。

美しい二色の瞳が私を覗き込む。

ああ、私なんかがこの美しい男をほっしたのが間違いだったのだ。

私が分不相応な望みを抱いたせいで、こんなことになってしまった。

「いいえ、私のせいです。お義兄様は私を追ってきたのです。お義兄様が、なにか危険なものを持っていることを、知っていたのに……」

「それは、俺だって同じだ。考えが甘かったのは俺の方だ」

「私のせいです……私のせいで、ローヴァルが……こんな私では、公爵夫人にはなれません……ごめんなさい、テオ様……ごめんなさい……」

「泣くな。其方《そなた》はなにも悪くない」

震えながら涙を流す私を、テオ様は広い胸で抱きしめてくれた。

いつもは私を夢見心地にするその温もりも、今の絶望と後悔に冷え切った心には届かない。

大好きなテオ様。

私たちを助けてくれた、優しい人。

きっと役に立つからと交渉して買ってもらったというのに、こんな災厄を齎《もたら》してしまった。

いったい、どうやって償えば……

歯の根が合わないくらいに震えている私と、私を包み込むように抱きしめるテオ様。

そこに、もう一人加わった。

タニアだ。

タニアが小さな体で私たちを慰めるようにぎゅっと抱きしめ、それからいつものニコニコ笑顔を見せてくれた。

シロも寄ってきて、私の涙をぺろぺろと舐めた。

それからタニアとシロのふたりは、外へと駆けていった。

「タニア……？」

ふたりが並んで走る、いつもの微笑ましい光景。

だが、私はそこにいつもと違うものを感じ取った。

「タニア！」

私はテオ様の腕から抜け出し、ふたりの後を追った。

ふたりは赤茶けた色に覆われた庭の中央あたりに立ち、こちらを振り返った。

そして、タニアは大きく両手をひろげ、口を開いた。

「～～～～～～～～～♪」

次の瞬間、小さなタニアの体から、信じられないくらいの声量の澄んだ美しい歌声が溢れ出した。

産声さえあげなかったタニアが初めて発した声に、私は足を止めて立ちつくした。

タニアは歌いながらくるくると踊る。

スカートの裾が翻り、いつの間にか解けたハニーブロンドの巻き毛がきらきらと輝く。

あの歌も、あの踊りも、誰もタニアに教えたことなどないはずなのに。

「あ、芝が……！」

そう声をあげたのは誰だったのだろうか。

タニアを中心に枯れていた芝が緑色を取り戻し、いたるところで野花が可憐な花を開き始めた。

花畑が円状に広がっていく。

それは芝だけでなく庭木にも広がり、マナーハウスの庭はすぐに花が咲き乱れる鮮やかな景観となった。

まさに奇跡だった。

使用人や騎士たちが歓声をあげる中、私は一人だけ青ざめた。

「タニア……シロ……」

シロが空に向かって遠吠えをした。

すると、中型犬のシロの体がぐぐっと膨れ上がり、仔馬くらいの大きさになった。

いつもは可愛らしいその顔も精悍な狼のようになり、被毛が白銀色に輝いた。

「待って……ダメよ……タニア！　シロ！」

タニアはシロの背中に跨り、こちらに向かって歌いながら笑顔で手を振った。

「嫌！　待って！　タニア！」

私はふたりに向かって必死で走ったが、とても間に合わない。

私の手が届く前に、シロはタニアを乗せたまま宙へと駆け上がった。

「待って！　シロ！　タニアを連れて行かないで！　戻ってきて！」

シロが走った軌跡には、金色の光の粉が舞って散る。

二人は美しい歌声と光の粉をふりまきながらマナーハウスの上空を一周し、それから枯れてしまった田園地帯に向けて空を駆けていった。

その姿はすぐに遠く小さくなり、蒼穹《そうきゅう》の中に消えてしまった。

「いやあああ！　タニア！　シロ！　行かないで！　おいてかないで！」

「レティ！」

走って追いかけようとした私を、テオ様が後ろから抱きとめた。

「テオ様、お願いです、タニアとシロを止めてください！　ふたりがいなくなってしまう！」

タニアたちが飛び去った方向に、緑と花畑が広がっていく。

枯れていた麦は再び天に向かって穂を掲げ、あぜ道には花畑が広がり、木立も緑の葉がみるみるうちに茂っていく。

「タニアが、シロが、行ってしまいます！」

「レティ、無理だ。俺でも止められないよ」

「そんな！　そんなの、嫌です！」

私はまたテオ様の腕の中に閉じ込められた。

「行かないで……おいて、行かないで……タニア、シロ……お願いよ……」

テオ様のジャケットが私の涙で濡れていく。

「タニアとシロは……あのふたりは、いったい何者なのだ」

それは独り言のような、私に答えを期待していないような問いかけだった。

だが、私はその答えを知っている。

「タニアの……あの子の、本当の名は、タイターニア」

テオ様が私を抱きしめたまま息をのんだのがわかった。

「あの子こそ、正真正銘、本物の妖精姫です」

「あの子は……生まれてきた時、光に包まれていました」

テオ様の胸でひとしきり泣いた後、私は人払いのされた一室でタニアに関する秘密を打ち明けることになった。

ここにいるのは、私とテオ様と第二王子殿下と、リーシアやカルロスなど身近な使用人が数人だけだ。

「私もゲルダも、とても驚きました。でも、すぐに別なことで驚くことになりました。タニアは声を出さないだけでなく、なにも口にしなかったのです。水も、ゲルダがこっそり持ってきてくれた山羊の乳も、全く飲みませんでした。不思議なことに、それでも元気にすくすくと育ちました。ゲルダが育ち方は普通の赤ちゃんと同じだと言っていました」

光っていることにも驚いたが、なにも食べないことがとても心配だった。

最初のころは、私が眠っている間に死んでしまったらと、心配で不安で夜も眠れなかった。

「一歳になったあたりで、光が消えました。食べ物を少しずつ口にするようになったのはそれからです。私の食事を多めにもらってきて、それを分けて食べるようになりました」

「シロはどうなのだ？　ただ迷い込んできたわけではないのだろう？」

「シロは、タニアが生まれてすぐ、気がついたらタニアの横にいました。窓も扉も閉まっていたはずなのに、どこからか現れてタニアを寝かせていた籠を覗き込んでいたのです。とても賢くて、すぐに普通の犬ではないとわかりました。きっと、タニアを守るためにいるのだと……」

殿下がガシガシと濡れ羽色の髪をかき回した。

「過去に現れた妖精姫の傍には、必ず白い動物がいた。シロはそれだったわけだ」

「はい……前回の妖精姫は、白い鳩を連れていたそうですね」

王都の広場の噴水の中央にあった像は、前回現れた妖精姫を模《かたど》ったものだ。

あれから、ちゃんと自分で調べてみたから間違いない。

「その前は、白猫。その前は、確か白狐だったはずだ……そう習ったのに！　全く気がつかなかった！　まさか本物の妖精姫がいるなんて、思いもよらなかったよ……」

殿下はタニアの正体を見抜けなかったことが悔しいようだ。

「それにしても、タニアが妖精姫だとわかっていたら、なぜそれを申し出なかったのだ。これまでの妖精姫は、全て王家で庇護されていた。タニアだってそうなったはずだ。そうすれば、あんなに不自由な生活をすることもなかっただろうに」

それは、訊かれて当然の質問だと思う。

私はぎゅっと両手を握りしめた。

「タニアが妖精姫だと確信したのは、社交界デビューのために私が教育を受け始めた後のことです。そのころから、自分でも勉強するようにと実家にあった書庫の出入りが許可されました。そこで、妖精姫のことを書いてある本があって……タニアが本当に妖精姫だとわかったのです」

私は皆の視線から逃れるように、俯いた。

「タニアのことを父に知らせることも考えました。父なら、喜んでタニアを王家に差し出したでしょう。ですが……そうなったら、私とタニアは離れ離れになってしまう。私は……タニアを、手放したくありませんでした」

さっきあれだけ泣いたのに、また涙が零れた。

体中の水分が涙になって流れ出てしまうのではないかというくらい、頬をつたう涙が止まらない。

「タニアとシロだけが、私の家族だったのです。あのふたりは、私の希望で、生きる意味で……私の全てだったのです。私のエゴだと思いながらも……どうしても、傍にいたくて……それで、隠し通しました」

殿下が眉を寄せて溜息をついた。

「レティシアちゃんが僕を警戒していたのは、僕が王族だからタニアちゃんを奪うかもしれないって、そう思っていたからなんだね」

「はい……そうです……でも、それももう終わりです。タニアもシロも、いなくなってしまいました……」

妖精姫は天災などから奇跡の力で人々を助けるが、その後は役目を終えたとでも言うように姿を消してしまう。

そして二度と人々の前に現れることはない。

そう本に書いてあった。

ローヴァルの緑を復活させ、タニアはシロに乗って飛び去った。

最後に抱きしめてくれたのは、さよならという意味だったのだろう。

「レティ、こっちにおいで」

テオ様は私を抱え上げて、膝の上に乗せた。

いつもはタニアがいた位置に、今は私がいる。

「今にして思えば、タニアもシロも不自然なほど賢かった。教えられた以上のことを最初から知っていたのだろうな。あのふたりは、その気になればいつでもマークス子爵邸から飛び立つことができたはずだ。それでも留まり続けたのは、間違いなく其方《そなた》がいたからだ。それだけ其方《そなた》のことを慕っていたのだ。レティと離れて王家に保護されることなど望まなかっただろう」

そうだろうか。

あのふたりも、私といることを望んでくれていたのだろうか。

「タニアとシロはきっと、レティのために奇跡を起こしたのだ。レティが好きなローヴァルを救うことで、レティの幸せを守るために。タニアたちはいなくなってしまったが、其方《そなた》はもう一人ではない。俺がこれからもずっと傍にいる。其方《そなた》を寂しくなどさせはしない」

涙で濡れた私の頬を、閣下の大きな掌が覆った。

「愛してるよ、レティ。タニアとシロの分も、俺がこれからもずっと其方《そなた》を愛すると誓う」

「テオ様……でも、私は……お義兄様があんなことをしたのに……」

「だからなんだというのだ。今朝より今の方が、俺は其方《そなた》を愛している。明日はもっと愛するだろう。其方《そなた》は俺の妻になるのだ。今更辞退などさせないからな」

「……はい、テオ様……」

テオ様のジャケットはまた涙で濡れていった。

「キツ……こんな時に、甘すぎる……」

殿下が苦しげになにか呟いているのが聞こえた。

泣き止まない私をテオ様は抱きしめ、優しく背中を撫でてくれた。

しばらくそうしていたところ、部屋の外が騒がしくなった。

カルロスがさっと外へ出て行ったと思ったら、ものすごい勢いで駆け戻ってきた。

「旦那様！　奥様！　タニアさんとシロが戻ってきました！」

私がはっと顔を上げると、いつも通りのタニアとシロがカルロスの後から部屋に入ってきたところだった。

「タニア！　シロ！」

駆け寄って抱きしめると、慣れ親しんだ温もりとふわふわの巻き毛と被毛の感触。

やっと止まりかけていた涙が、またとめどなくと溢れてきた。

「戻ってきて、くれたのね……」

タニアがニコニコ笑顔で頷いて、私にぎゅっと抱きついた。

シロもぺろぺろと私の涙を舐めて、尻尾を振った。

そんな私たちを、テオ様は大きな体でまとめて抱きしめてくれた。

「タニア、シロ。よく戻ってきてくれた。ローヴァルを救ってくれて、ありがとう」

テオ様の腕の中でタニアとシロを抱きしめて、私の涙はまだまだ止まりそうになかった。


その日のローヴァルの人々は、とにかく大変だった。

もうすぐ麦の収穫時期に入るという、なんの変哲もない穏やかな一日だったはずなのに、なにやら黒い靄が吹き抜けたかと思うと、全ての植物があっという間に枯れ果ててしまったのだ。

あまりのことに呆然とするもの、絶望の悲鳴をあげるもの、泣き叫ぶもの。

人々は激しく動揺し、慌てふためいた。

そして、とにかく領主様の指示を仰ぎに行こうという話し合いが一部でなされるようになったころ、空から美しい歌声が響いてきた。

何事だと見上げてみると、そこには空を駆ける白い巨大な狼と、その背に乗った金髪の少女。

聞いたこともない旋律を歌うその声は、狼が散らす金色の光の粒と混ざり合って慈雨のように大地に降り注いだ。

人々は騒ぐのも忘れてぽかんとそれを見上げ……次に目線を下に向けた時、さっきまで確かに枯れていた植物が緑に色づいていく光景にまた驚愕した。

またまた呆然とするもの、歓喜の悲鳴をあげるもの、安堵の涙を流すもの。

腰を抜かして立てなくなる老人がそこかしこにいて、子供たちは突然現れた花畑ではしゃぎ回った。

ということがローヴァル全体で起こり、とにかくとても大変だったのだ。

「タニアちゃんが妖精姫であるということは、もう隠せない。僕も知ってしまった以上は、父上たちに報告しなくてはいけない」

第二王子殿下は王都に帰る前、しゃがんでタニアに目線を合わせた。

「タニアちゃん。タータル王家の庇護下に入って、王城で暮らしたいかい？」

タニアは私を振り返り、それからまた殿下に視線を戻した。

「レティシアちゃんは一緒に行けない。タニアちゃんとシロだけが、王城に引っ越すことになる。とっても大切に扱うと約束するよ。きれいなドレスも宝石も、いくらでも手に入る生活ができるよ」

タニアは首を横にぶんぶん振って、私とテオ様の手を握った。

「そうだね、レティシアちゃんとテオといたいんだよね。いいんだよ、わかっていたよ。タニアちゃんの意志を確認しただけだから、無理やり連れて行ったりしないよ。もし父上たちがそんなことをしようとしても、僕が止めるから大丈夫。父上も兄上も、僕はいくつも弱みを握ってるんだ。いざとなったらそれを切り札にしてでも、タニアちゃんをテオたちから引き離すようなことはしない。この身に流れる王家の血にかけて誓うよ」

殿下は蒼穹《そうきゅう》の瞳を細めてタニアとシロの頭をそっと撫でた。

「ローヴァルだけでなく、タータル全てを救ってくれたこと、心から感謝する。王家を代表して礼を言わせてほしい。本当に、ありがとう」

タニアははにかんだような笑顔を見せ、私のスカートに隠れた。

こういう仕草をするところは普通の女の子と同じだと思う。

タニアもシロも殿下の言葉を信じ、警戒することを止めたようで、殿下も嬉しそうだった。

殿下はある程度ローヴァルの状況を把握してから、ゲオルグが持っていた呪具などを持って王都へと出立した。

呪具は王都で解析をするのだそうだ。

私たちは麦の収穫が終わるまで、予定通りローヴァルに留まった。

テオ様は村や町を巡り、今回のことによる影響などの詳細な調査をしている。

ゲオルグはもういなくなったが、王都から来ている二十人の騎士たちも引き続き野営訓練しつつ私たちを護衛してくれることになった。

ありがたいことだ。

そして、更にありがたいことに、邸の使用人たちはタニアが妖精姫だとわかっても、今までと同じように接してくれた。

こっそりクッキーをくれたり絵本を呼んでくれたりと、それぞれに可愛がってくれて、タニアもシロもニコニコ笑顔が絶えなかった。

テオ様も忙しい中、できるだけ私たちとの時間を作ってくれた。

夜遅くまで仕事がある日は私はタニアと先に寝るのだが、朝起きるとテオ様まで同じ寝台で眠っている。

一人ではよく眠れないからと言われると、十歳以上年上の男性なのになんだか可愛く思えてしまうから不思議だ。

テオ様が早く仕事を終えられる日は、私は甘く優しくとろとろに蕩けさせられる。

求められるのが嬉しくて、私もテオ様がほしくて、たくさんキスを強請《ねだ》ってしまう。

テオ様も幸せそうにキスに応じてくれる。

互いの愛を確かめ合って婚約してから、更に閨事の内容が濃くなった。

テオ様は心から私を愛し、タニアとシロを慈しんでくれる。

私とテオ様の仲も以前よりもっと親密になった。

私たちはもうすっかり幸せな家族のようだった。

「王都に帰ったらすぐに婚約だ。最短で結婚するからな」

「嬉しいです！　私もテオ様と早く本当の家族になりたいですわ」

睦言も希望に満ちたものばかりだ。

私がテオ様に似た男の子がほしいと言うと、テオ様は私に似た女の子がいいと言う。

どんな名前をつけるか、どんな習い事をさせたいか。

大きくなったら一緒にピクニックや遠乗りをしたい。

家族全員でお揃いの服を着て出かけるのも楽しそう。

遠方の避暑地や観光名所などにも行ってみたい。

やりたいことを挙げていくと、数えきれないほどたくさんになってしまう。

テオ様は両親との仲は良好ではあったが、貴族では一般的な、ある程度の距離を置いた関係で、あまり甘えることはできなかったそうだ。

私がタニアを可愛がり世話をする姿はある意味衝撃的で、我が子ができたらそうしたいと思うようになった、とテオ様は言う。

私もテオ様との赤ちゃんを授かったら、乳母や使用人に任せきりにはせず、タニアにしたようにできるだけ手元で育てたい。

そこにテオ様もいたら、とても嬉しいし心強いことだろう。

結婚したら、一日でも早く赤ちゃんを授かれますように。

私は毎晩そう願いながら、幸せな気分で目を閉じるのだ。

そうこうしているうちに、麦の収穫が終わって収穫祭の日を迎えた。

今年は麦もそれ以外の作物も大豊作だったそうで、人々の表情も明るい。

ローヴァルの収穫祭は、案山子《かかし》祭りとも言われており、麦わらや木の枝などで人形などが造られその造形の素晴らしさを競うというのが祭りの見どころとなっている。

「わぁすごい！　あの馬、藁でできているのですね。可愛いですわ」

「あっちのは、西にある村の村長だな。白い髭が特徴の元気なじいさんなんだ」

「本当にこんな髭のおじいさんなのでしょうか。これはこれで面白いですわ。ね、タニア」

タニアも新緑の瞳をまん丸にして、人形を興味深そうに見ている。

タニアが妖精姫だということは、まだ広く知られているわけではない。

シロは空を駆ける時、今の姿からは想像もできないような大きな狼の姿になっていたし、空高く飛んでいたので、地上からは大きな狼の上に金髪の女の子がいた、ということくらいしか見えなかったのだ。

おかげで、今のところタニアはそこまで注目されることもなく、ごく普通にお祭りを楽しんでいる。

ただし、絶対に誰かと手を繋いでおくように、ということはしっかり言い聞かせてある。

今も、タニアは私とテオ様と手を繋いでいる。こうしておけば安心だ。

当然のように私たちを連れてきてくれたから知らなかったが、実はテオ様がこの祭りに参加するのは、すごく久しぶりのことだとメリッサがこっそり教えてくれた。

人混みではどうしても女性を避けることができないから、という理由だ。

その気持ちは、私もよくわかる。

だが、今の私はテオ様が隣にいてくれたら、こういった場所も嫌ではない。

テオ様とお祭りを楽しむのに忙しく、他の男性を気にする余裕がないのだ。

言葉にして確かめたわけではないが、多分テオ様も同じなのだと思う。

テオ様が私たちに向ける笑顔にはたくさんの愛情が溢れていて、以前のテオ様を知る人々は驚愕の表情をうかべている。

それもなんだか面白くて、タニアを挟んで三人で笑った。

「今年の優勝は、間違いなくあれだな」

テオ様の視線の先にあるのは、他よりも大きな人形だった。

白っぽい木片で造られた狼と、その上に金髪の女の子。

どう見てもあの日のタニアとシロだ。

ローヴァルの危機を救ってくれたことへの感謝の気持ちを込めて、大人数で細部まで丁寧に造り込んだのだそうだ。

テオ様の言う通り、確かに他よりもよくできていると私も思った。

今年の最も優れた人形には、予想通りタニアとシロを模《かたど》った人形が選ばれた。

製作者たちにはささやかながら賞金が贈られるのだが、今年は私がそれを渡す役目を仰せつかった。

私が代表者にお金が入った布袋を渡し、タニアがお手製の花冠を頭にのせてあげると、わっと歓声があがって拍手が巻き起こった。

思えばこれが、未来の公爵夫人としての初めての公式な仕事だった。

この数日後、私たちは王都へと帰還した。

王都の邸に帰り着いた翌日には、私たちはテオ様に連れられてオブライエン侯爵家を訪ね、その場で私を養女とする手続きと、婚約の手続きまでが同時になされた。

もちろん侯爵家は、私の実の家族のことも、タニアが本物の妖精姫であるということも承知している。

一足先に王都に戻った第二王子殿下から話を聞き、私たちと一緒にローヴァルに行っていた騎士たちからの報告も受け、その上で私を養女にすると決定したのだそうだ。

こうして私はレティシア・マークスから、レティシア・オブライエンになった。

「テオドール様ったら、あなたと一日でも早く結婚したいからって、予定をねじ込んできたのよ」

オブライエン侯爵夫人、もといお義母様は苦笑しながらそう教えてくれた。

「そ、それは、ご迷惑をおかけしまして……」

「いいのよ。迷惑などではないわ。それにしても、本当にテオドール様が溺愛なさってるのね。この目で見てもまだ信じられないわ」

婚約に関する書類に二人で署名をした直後、テオ様は私を抱きしめてキスまでしてくれたのだ。

人目もはばからずにそんなことをする氷血公爵に、オブライエン侯爵家の人々は心底驚いた顔をしていた。

「……本当によかったのですか？　私を、養女に迎えていただくなど……」

「もちろんよ。ちゃんと侯爵家全員が賛成してのことだから、安心していいわ」

それを言葉のまま信じてもいいのだろうか。

うかない表情のままの私に、お義母様は首を傾げた。

「あなたが心配しているのは、あなたの実の家族のこと？　それとも、私の初恋がテオドール様だったということ？」

「……両方です」

「それもそうよね。無理もないわ。まず、あなたの家族のことだけど、あなたにはなんの罪もないことは明らかだわ。あなたを冷遇していた家族の罪を一緒に背負わせるなんて、酷い話もいいところよ。私の実家もだけど、ここオブライエン侯爵家も武官が多い家だから、そういう曲がったことが大嫌いなの。薄幸の美少女を助けるのは騎士の務め、とか言って夫も義両親も張り切ってるわ」

前オブライエン侯爵夫妻は領地でのんびり暮らしているとのことで、まだお会いしていない。

そのうち会えたら、私を受け入れてくれたことにお礼を言わなくてはいけない。

「それからね、夫は私の二番目の恋の相手なのよ。デビュタントだった時に夜会で初めて会って、そこで一目惚れしたの。年齢一桁の時の初恋なんて、一瞬で吹き飛ぶくらいの衝撃だったわ。それからずっと、夫一筋なのよ。テオドール様は、今の私にとってはただの幼馴染でしかないわ。だからね、あなたはなにも心配することはないのよ。安心して私たちの娘になりなさい」

切れ長の瞳を細めて頬を撫でてくれて、少し涙が滲んだ。

なんともさっぱりとした口ぶりの中に、あの夜会で私を助けてくれた時と同じ優しさが感じられて胸がいっぱいになった。

「ありがとうございます……お、お義母様」

「ふふ、私、可愛い娘がほしかったのよ。テオドール様に感謝しなくてはね」

「私も、母と呼べる方ができて、とても嬉しいです」

私たちがそんな話をしている一方で、タニアはといえば私のお義父様となったオブライエン侯爵とテオ様に見守られながら、二人の男の子と一緒に木剣を振り回している。

男の子たちは私の義弟で、侯爵家の長男と次男だ。

私にもすぐ懐いて、タニアとシロのことは即座に可愛がってくれるようになった。

タニアは早くも侯爵家に馴染んだようだ。

そんなタニアの傍にいるシロも、すっかり護衛としての立ち位置を確立している。

なんとも微笑ましい光景を少し離れたところから眺めながら、私とお義母様は同時に頬を緩めた。

「そのドレス、タニアさんとお揃いね。とても可愛らしいわ。今度、私と三人でお揃いにしてみない？」

「まあ！　それは素敵です！　タニアもきっと喜びますわ」

私の家族が一気に増えた。

頼れる両親と、慕ってくれる弟たち。

私が憧れていた理想の家族そのものだった。

お義父様がタニアの頭を遠慮がちにそっと撫でて、タニアはいつものニコニコ笑顔を見せている。

私も早く馴染めるように頑張ろう。


「来月だ」

「無茶言わないで。早くて一年後よ」

「そんなに待てるか！　本当は明日にでも結婚してしまいたいというのに！　では、最大限譲歩して三か月後」

「短すぎる！　最低でも半年以上は必要だわ！　私の時は、婚約してから結婚するまで二年かけて準備したのよ。レティシアさんにはきれいな花嫁になってほしいでしょう？」

「レティはいつでもきれいだ」

「……そ、そこまでストレートに惚気られると、反応に困ってしまうわ」

真っすぐ真顔で溺愛発言をするテオ様に、流石のお義母様も一瞬怯んだ様子だったが、すぐに態勢を立て直した。

「とにかく！　花嫁は準備が大変なの！　衣装やらなにやら、揃えるのに時間がかかるのよ！　女性にとって、結婚式は一生に一度の大切な晴れ舞台なの！　わかるでしょう！」

「……では、半年で手を打とう」

一歩も引かないお義母様に、テオ様が渋々といった様子で折れた。

「まったく、しかたがない人ね……では、半年後ということで進めますからね」

「よろしく頼む」

テオ様とお義母様が争っていたのは、結婚式の日取りについてだ。

一日でも早く結婚したいテオ様と、ちゃんと準備に時間をかけたいお義母様の間でこのようなやり取りがなされたわけだ。

私は赤くなったりハラハラしたりと忙しいのに対し、お義父様は終始優しい笑みをうかべていた。

「きみの結婚式の準備をするのを、セーラはとても楽しみにしているんだよ」

「そうなのですか？」

「うちは女の子がいないから、花嫁衣裳を仕立てる機会なんてないと諦めていたところに、きみを養女にすることになって、とても喜んでいたよ。それに、公爵閣下とも言い合いができるくらいの仲に戻れた。あんなに賑やかなセーラを見るのは久しぶりだよ。これも全部、きみのおかげだね」

お義父様は騎士団長というだけあって、テオ様と同じくらい長身で立派な体躯ながら、表情や雰囲気はローヴァルで見た凪いだ湖のように穏やかだ。

テオ様に匹敵する技量を持つ魔法剣士なのだそうだが、近くにいても全く威圧感がなく、家族思いのお父さんといった感じだ。

初対面の私でも緊張せずに話をすることができるので、今でも基本的に男嫌いの私としてはとてもありがたい。

こういうところも見越して、テオ様は私をオブライエン侯爵家の養女にするよう取り計らったのだと思う。

「それから、レティシアさんは結婚式までの間、我が家で預かりますからね」

「なんでだ！　そんなの認められるわけないだろう！」

「結婚準備の他にも、レティシアさんは公爵夫人に相応しい教養を身につける必要があるのよ」

「それなら我が家で家庭教師を雇えば済むことではないか」

「いいえ、レティシアさんはもう私の娘よ。オブライエン侯爵家から嫁がせる以上、私の監督の元で、しっかりと責任をもって教育を受けさせなくてはいけないわ。それが母としての私の務めというもの」

「う……しかしっ……！」

「たまに会いに来るくらいは許可するわ。でも結婚するまで、適切な距離を置いていただきますからね」

「しかし、それでは！」

「聞き分けてください。これもレティシアさんのためよ」

「……しかし……それでも……ダメだ！　レティにキスをしないと、俺は眠れないんだ！」

お義母様は顔を顰め、お義父様は飲んでいたお茶を噴き出し、私は恥ずかしくて顔が赤くなった。

「それに！　タニアはどうするつもりだ？　姉妹を引き離すのか？」

「まさか。タニアさんとシロも我が家で引き受けるわ。タニアさんにも、少しずつ教育を受けさせるべきでしょう」

「タニアまで養女にするつもりか⁉」

「そういう話ではないわ。礼儀作法やお茶会でのマナーなどは、実践しながら身につけるのが一番なの。我が家で練習をするといいわ。タニアさんもレティシアさんと一緒だと安心でしょうから」

「それなら、昼間だけここに通わせる。それで十分だろう」

「それではつまらないわ。私ももっとタニアさんを可愛がりたいのに。絵本を読んで寝かしつけとかしてみたいのよ」

「其方《そなた》には息子が二人もいるではないか。そっちを寝かしつければいいだろう」

「あの子たちはもう寝かしつけがいらなくなってしまったの！　私だって可愛い女の子を可愛がりたいの！　テオドール様ばっかりズルいではないの！」

「ズルいとはなんだ！　レティは俺のものなのだから、妹のタニアを可愛がるのは当然だろう！」

「それを言うなら、レティシアさんは私の娘になったのよ！　私にもタニアさんを可愛がる権利があるわ！」

「だから、昼間に可愛がればいいだろう。夜は我が邸に連れて帰る」

「それでは物足りないじゃないの！」

なんだか話が変な方向に向かっている気がする。

ここで話題の中心になっているタニアが動いた。

ハラハラすることしかできない私の手を引っ張って、大人げない言い争いをする大人二人に近づき、もう片方の手でテオ様の手を握ったのだ。

それから新緑の瞳でじっとお義母様を見つめた。

このタニアの無言の訴えには、流石のお義母様も白旗をあげるしかなかった。

テオ様は満面の笑みでタニアを片手で抱き上げて、私の腰を抱き寄せて額にキスをした。

「と、いうことだ。レティとタニアはここに通わせる」

「くっ……わかったわ。タニアさんがそうしたいというなら、しかたないわね」

とても悔しそうに引き下がるお義母様に、私は申し訳なくなってしまった。

「でも！　十日に一度くらいは、こちらに二人を泊まらせて！　それくらいならいいでしょう⁉」

十日に一度というと、かつての同衾と同じ頻度だ。

妙な偶然である。

「テオ様、それくらいならいいのではありませんか？　私も、お義母様たちともっと仲良くなりたいですもの」

私からもそうお願いすると、テオ様は眉間に皺を寄せながらも、渋々頷いた。

「其方《そなた》がそう言うなら……我慢しよう。だが！　十日に一度だけだからな！　それ以上は断じて認めないぞ！」

これでお義母様がやっと少し嬉しそうな顔になり、私はほっとした。

正直なところ、お義母様の気持ちはとてもありがたいのだが、私もテオ様と離れたくはなかった。

半年も別々に過ごすなんて、絶対に寂しくて泣いてしまう。

私のそんな気持ちを察したから、タニアは機転を利かせてくれたのだろう。

やっぱりタニアは聡い子だ。

こうして私はタニアとシロと一緒にオブライエン侯爵家に通い、教育を受けることになった。

覚えることが多くて大変ではあったが、本格的な家庭教師に習えるのが嬉しくて、懸命に頑張った。

タニアもタニアで頑張っていて、とても優秀だとよく褒められている。

姉として鼻が高いと思いつつも、負けてはいられないと更に頑張った。

おかげでなんとか半年で付け焼刃ながらも教育は一通り終わらせることができた。

オブライエン侯爵家の人たちとも仲良くなれたし、とても有意義な半年間だった。

特に私たちのために心を砕いてくれたお義母様には感謝しかない。

◇

勉強をする合間にも、結婚式の準備は着々と進んでいった。

そんなある日、テオ様が珍しく私たちと一緒にオブライエン侯爵家を訪れた。

案内されて向かった応接室では、お義母様と驚きの人物が和やかに談笑をしていた。

「お久しぶりです、公爵閣下、レティシア嬢」

「……ドアニス男爵」

でっぷりとしたお腹を揺すりながら微笑んだのは、なんとかつての私の婚約者様だった。

相変わらずの容姿だが、なんだか雰囲気が違って見えるのは気のせいだろうか。

驚いて立ちつくしてしまった私だったが、テオ様に促されて大人しくカウチに座った。

ちょうどドアニス男爵の向かい側だ。

「レティシア嬢、きれいになられましたね。それに、以前よりずっと健康そうだ。公爵閣下はあなたを大切にしてくださっているようですな」

「はい……よくしていただいております……」

テオ様とお義母様に挟まれているからなんとか平静を装っていられるが、できればこの場から逃げ出したい気分だ。

いったい、なにがどうなっているのだろう。

「本日は、我がドアニス商会の新商品をお持ちしました。きっと気に入っていただけるかと思います」

男爵が合図をすると、背後に控えていた二人の女性がそれぞれテーブルの上に商品を並べた。

化粧水や口紅などの化粧品と……あれはなんだろう？　見たこともない形をした道具がいくつもある。

「こちらは美容マッサージ器具です。我がドアニス商会が力を入れている新商品となっております。詳しくは、開発者である私の元六番目の妻から説明をさせましょう」

「え？　六番目の……？」

どういう意味？　と私が首を傾げると、男爵の背後の女性がにっこりと微笑んだ。

「私が、元六番目の妻でございます。現在は、ドアニス商会で商品開発に携わっております」

「私は元三番目の妻です。化粧関連商品の営業を担当しております」

ドアニス男爵に嫁いだ女性は、一年以内に病死か事故死をする、ということだったはず。

それなら、この二人の女性も、とっくに死んでいないとおかしいのだが……

「男爵。そろそろ種明かしをしてもいいだろう」

「畏まりました。では、ご説明いたします」

混乱している私を見て、テオ様と男爵がしてやったりといった顔で笑った。

男爵による説明は、以下の通りだった。

男爵は若いころ、思いを交わした恋人がいた。

その女性は、以前の私と同じような境遇に置かれていた。

当時は零細商会を受け継いだばかりでお金がなかった男爵は、必死で働いて商会を大きくし、恋人を買い取るような形で娶った。

だが、その時は既に手遅れで、恋人は重い病気を患っており、結婚から半年足らずで亡くなってしまった。

失意のどん底にあった男爵だが、商会の仕事を放り出すわけにはいかず、忙しく働くことで気を紛らわせていた。

ある時、某貴族の邸に営業に行った際、亡くなった妻と同じように虐げられている女性を見つけた。

男爵はその場でその女性を貰い受ける交渉をし、翌日には支度金という名目で大金を払って女性を引き取った。

それが二番目の妻だった。

探してみれば、このような境遇の女性は少なくないことがわかった。

それから男爵は、こういった女性を妻として娶り、ほとぼりが冷めたころに死亡したことにして、別の名前と自由を与えるということを繰り返すようになった。

それは男爵にとって失った愛する妻への弔いでもあり、女性を救い出すごとに少しずつ男爵も救われていくような気がしていた。

酷い生活を強いられていた女性たちは向上心や独立心が強く、希望者は商会で仕事をしてもらっている。

皆優秀だから、結果的に払った金額以上の利益を生み出してくれるようになった。

二番目の元妻は経理。

三番目の元妻は営業。

四番目の元妻は両想いだった青年と結婚し、青年は商会で馭者として働いている。

五番目の元妻は商会の下働きやメイドを束ねるメイド長。

六番目の元妻は女性ならではの目線を活かした商品開発。

七番目の元妻は、なんと妖精姫のドレスをデザインしてくれた仕立屋だった。

八番目の妻となる予定だった私には、商会で扱っている商品の広告塔になってくれたらいいな、という思惑があったのだそうだ。

もちろん、四番目の妻のように、本当に結婚したい相手がいるなら、その手助けをするつもりだった。

男爵が変態だという噂を敢えて流しているのは、金目当てで寄ってくる女性を避けるためと、虐げた娘が幸福になるのを喜ばない家族を説得しやすくするため。

商会の頭取が変態だと言われても、今は営業はほとんど各部門の担当者が行っているし、商品の品質がよければ商売の妨げにはならない。

醜い上にお金もなかった若いころの男爵を、最初の妻は心から愛してくれた。

男爵も、最初の妻だけを今でも愛し続けている……

「そのような事情が、あったのですね……」

思いがけないところで聞かされた純愛物語に、私は呆気にとられた。

婚約者時代に男爵が言っていた、『お衣装とかお道具とかお薬』というのは、商会で扱う化粧品などのことだったわけだ。

当時はものすごく怖かったのだが、こんな裏事情を聞いた後では責めることもできない。

「其方《そなた》は、父親に金を払って其方《そなた》自身を買い取ってほしいと俺に頼んだな。だが、あの時既に男爵は多額の支度金を払った後で、実質的には其方《そなた》は男爵のものだった。だから、俺は其方《そなた》の父ではなく、男爵に金を払って其方《そなた》を買い取った。正確には、男爵が払った支度金の額に少し上乗せした金額を、迷惑料として払ったのだ」

「あれは本当に助かりました。公爵閣下にご贔屓にしていただくようにもなりまして、ありがたい限りでございます」

「そうだったのですか……知りませんでしたわ」

（むしろ、ブタヒキガエルなんて言って、申し訳ないことをしたわ……私を助けようとしてくれていたのに、ごめんなさい）

私は心の中で男爵に謝罪した。

テオ様は男爵の事情を知り、いつか私に種明かしをするのを楽しみにしていたそうだ。

二人はなぜだか気が合うようで、私の反応を見て楽しそうに笑っている。

ただし、お義母様はそんな二人を少し呆れたような目で見ていた。

男爵が持ってきてくれた商品はお義母様のお眼鏡に適い、ドアニス商会はオブライエン侯爵家の御用達にもなることになり、男爵はとても嬉しそうだった。

私の毎日の日課に、お風呂上がりに美容マッサージ器具で顔や手足をマッサージされることが加わった。

私は効いているのかどうかよくわからなかったが、お義母様にはとても効果があったのだそうだ。

「三十路が近くなるころには、あなたもきっとわかるわよ」

と、お義母様は言っていた。

そんなことがあった数日後、私はまた驚くべきことを知らされた。

東のガイ帝国から、数人の呪術師がそれぞれの家族を連れて亡命してきたというのだ。

呪術師の一人の愛娘が無理やり後宮に入れられそうになったことで亡命を決意したとのことだが、それよりずっと前から不満は溜まっていたようだ。

「呪術とは本来、人の幸せを願い土地を豊かにする呪《まじな》いなのです。我々が代々受け継いできた呪術の知識は、人々が平和に暮らすために使われるべきもの。それなのに、今のガイ帝国の皇族や貴族たちは、それを正反対の目的で行使することしか考えていない。このままでは、黄泉の国に渡った後、ご先祖様に合わせる顔がありません」

一行を代表する年嵩の呪術師は、涙ながらにそう訴えたそうだ。

呪術師たちはその知識をタータルに伝えることと、タータル国王に忠誠を誓うという誓約魔法を受け入れることを条件に、家族ごと移住することが許された。

これが引き金となり、それまで行き詰まっていた捜査や研究が飛躍的に進んだ。

まず、タータルに例の媚薬や呪具などを密輸していた組織が摘発された。

関わっていた商会や貴族たちも全員逮捕され、この問題は一気に解決へと向かった。

それから、ゲオルグが持っていた呪具の腕輪についてだが、これは多数の人と使用者本人の命を犠牲にすることで、広範囲の植物を枯死させるという効果があるものだということがわかった。

マークス子爵邸で人々が不可解な亡くなり方をしたのは、この呪具を完成させるための生贄にされたからに間違いないそうだ。

ガイ帝国の諜報員は、私に執着するゲオルグを薬漬けにして思考力を奪い、『魔法攻撃と物理攻撃を防ぐだけでなく、強力な魔法を放てるようになる呪具』だと騙して腕輪を渡し、ローヴァル内で発動するように仕向けた。

ガイ帝国は事前に近隣諸国から麦などの穀物を大量に買い占めており、ローヴァルの作物が全滅したことで飢えるタータルに法外な高値で売りつける計画だったそうだ。

それがまさか、本物の妖精姫が出現したことにより破綻するなんて夢にも思っていなかっただろう。

大事に守られているはずの呪術師たちが亡命してきたことからも、ガイ皇帝が求心力を失くし国が腐敗しているのは明らかだった。

母の身分が低いからと辺境に追いやられていたガイ帝国の第五皇子を旗頭に、反乱軍が立ち上がったのはそれから間もなくのこと。

ローヴァルは妖精姫の奇跡から数年間ずっと大豊作が続き、そこから得られた豊富な食料を、タータルは反乱軍に支援物資としてせっせと送った。

しっかりと食事をして元気いっぱいで士気も高い反乱軍に対し、手持ちの食料を食べつくしたらもう後がない皇帝軍。

最後は宮殿に籠城して抵抗した皇帝軍だったが、それも長く続くはずもなく、反乱軍が勝利した。

こうして第五皇子が新たにガイ皇帝となり、他の皇族は全員処刑されたのだそうだ。

反乱軍が蜂起した当初から、新皇帝が即位してある程度落ち着くまでずっと支援を続けたタータルに感謝を示すため、ガイ帝国はタータルの友好国から属国になることを了承した。

ガイ帝国もタータルから安定して食料を輸入することができるようになったので、あちらにとっても悪いことではないそうだ。

呪術が本来の目的で使われるようになり、ガイ帝国も少しずつ豊かさを取り戻し始めている。

長い間タータルを悩ませてきたガイ帝国との問題が全面解決するのは、妖精姫の奇跡から約三年後のことだった。

◇

私がオブライエン侯爵家の養女になってからきっかり半年後、私とテオ様は正式に結婚した。

私はレティシア・オブライエンから再び名前が変わり、レティシア・エデルマン公爵夫人となった。

この世でエデルマン姓を名乗っているのは、昨日まではテオ様だけだった。

そこに今日からは私が加わった。

テオ様と名実共に家族になったのだと実感できて、とても嬉しい。

私のエデルマン公爵邸での部屋も、客室からテオ様の私室の隣にある公爵夫人の部屋に移された。

前の客室は、タニアとシロがそのまま使い続けることになっている。

ふたりと距離ができてしまうのは寂しいが、その分テオ様との距離は縮まった。

タニアももうすぐ七歳になる。少しずつ姉離れしてもいいころなのかもしれない。

私はまだ見慣れない私室から続く扉をそっと開いた。

その先は、既に見慣れたテオ様の寝室だ。

今までは廊下側の扉から寝室に入っていたが、これからは私の私室からの扉を使うことになる。

「テオ様……お、お待たせしました」

今は結婚式当日の夜。つまり、これから初夜を迎えるわけだ。

テオ様はもう寝室にいて、私を待ってくれていた。

今更ながらなんとなく恥ずかしくて、扉から入ったすぐのところでもじもじしてしまった。

ちなみに、今私が着ているのは、ドアニス男爵の元七番目の奥さんである仕立屋のマダムがデザインしてくれた、『妖精姫専用ナイトドレス』だ。

ウェディングドレスに加えてこのナイトドレスもとても気合いを入れてデザインし、お針子たちと一丸となって作り上げてくれた。

あのマダムともドアニス男爵とも、これから長い付き合いになりそうだ。

「どうした、レティ。こっちにおいで」

寝台に腰かけたテオ様に、おずおずと近づいた。

「昼間のドレスも美しかったが……これもとても似合っているな。脱がせるのがもったいないくらいだ」

テオ様の大きな掌が私の髪と頬をそっと撫でた。

ここ数日、私たちは結婚式の準備で多忙を極め、同じ寝台で眠ってはいたが肌を重ねることはしていなかった。

そして、大勢の人々からの祝福を受けながらテオ様に抱きしめられた幸せな感覚が、まだ全身に残っている。

今は二人きりで、寝室で、きれいに全身を磨かれて初夜に臨んでいるわけで。

まだ少し触れられただけなのだが、この先のことを期待して体が熱くなってしまうのもしかたがないことだと思う。

だって、私はテオ様が大好きで、テオ様に触れたくて、テオ様に触れてほしくて……

「テオ様を愛しています。これからもずっと傍に置いてくださいね」

「それは俺が言うべき台詞だ。其方《そなた》を見ていると、いつかタニアと一緒にシロに乗って消えてしまうのではないかとたまに不安になる」

「そんなことはしませんわ。もしどうしてもそうする必要があるなら、テオ様も攫って行くことにしましょう」

「そうしてくれ。俺は魔法も剣も得意だから、行った先でもきっと役に立つぞ」

紅玉と蒼穹《そうきゅう》の瞳が優しく細められ、テオ様は両手で私の頬を包んだ。

「前は、若い騎士たちが結婚したいとか恋人がほしいと言うのが理解できなかった。結婚は家のためにするもので、女がほしいなら娼館に行けばいいだろうにと思っていた。今は彼らの気持ちがよくわかる。彼らはきっと、愛しい女と共にあることがどれだけ幸せなのかを知っていたのだな。レティシア……愛しているよ。ずっと傍にいてくれ」

私は返事をする代わりに、テオ様にキスをした。

私からテオ様の口腔に舌を差し入れて貪ると、テオ様の私のより分厚い舌もそれに応えてくれた。

そうしながらお互いの衣服を剥ぎ取り、縺れ合うように寝台へと上がった。

「あぁ、テオ様……お願いです、早く」

「そう焦るな。まだ夜は長い。せっかくの初夜なのだから」

早くほしいと強請《ねだ》る私に、テオ様は丁寧に愛撫をした。

首にも胸にも腹にも、体中のいたるところにキスをされ、赤い花びらのような痕が増えるたびに体が震えた。

胸の頂は集中的にキスされて舌先で転がされ、それだけでイってしまいそうなくらい気持ちよかった。

私の秘部はすっかり準備が整い、蜜を垂れ流すくらいになっているというのにまだ愛撫は続く。

指で膣内の弱いところを摩られながら陰核を吸われ、あっという間に絶頂に達してしまった。

大きく弓なりに背をしならせ痙攣している間に、太腿にまた花びらが増えた。

やっと体が弛緩し、きっともうほしいものをくれるだろうと期待したのに、また同じ愛撫を繰り返された。

「ああっ……テオ様、もう……お願い、ほしいのっ……」

指では届かない奥が、苦しいくらいに切なく疼いている。

涙を流して鳶色の短い髪をかき回しながら懇願したのに、またあっけなくイかされてしまった。

「ああっ！　……え、あ、あああああっ！」

びくびくと私の体が痙攣し出すと同時にテオ様はさっと体勢を変えて、痙攣を続ける私の中にぐっと侵入し、そのまま奥まで抉られた。

イっているところを更にイかされたような形になり、やっとほしいものが与えられた私の膣は貪欲にテオ様を締めつけ蠢《うごめ》いた。

「は……絡みついて……レティは中も可愛いな」

テオ様はそんな私の胎内を堪能しながら感嘆の声を漏らした。

「レティ……今日、俺にかけられていた避妊魔法は解除された」

テオ様の手が私の下腹部に触れた。

「今夜から、ここに本物の子種を注ぐ。いいな？」

今までも数えきれないくらい精を注がれてきたが、あれは子種ではなかった。

避妊する必要がなくなった今夜以降は、テオ様の子種を私の胎内で受け入れることになる。

「嬉しい、です……たくさん、ほしい……赤ちゃんが、早くできるように……」

私は下腹部のテオ様の手に自分の手を重ねた。

ここで熱い飛沫となった子種を感じる瞬間を想像すると、それだけでぞくぞくとする。

「いい子だ、レティ……望み通り、たっぷり注いでやるからな」

テオ様はゆっくりと律動を始め、私は両手足をテオ様の大きな体に絡めて必死で縋りついた。

二色の美しい瞳が獰猛な獣のようにギラギラと輝きながら私を見下ろしている。

私の瞳も、きっと同じように輝いているはずだ。

獣のように求め貪っているのは私も同じなのだから。

この夜、私は覚えているだけで三回は子種を注がれた。

それから五日間は蜜月だからと寝室から出してもらえず、その間はほぼずっとテオ様の腕の中にいた。

こんなにも長い間タニアとシロの顔を見ずに過ごしたことはなかったので少し心配だったが、六日後にやっと会いに行くと、いつも通りのニコニコ笑顔で飛びついてきてくれた。

最初にメイドと護衛騎士と偽って、タニアとシロをエデルマン公爵邸に連れてきたのは、一年以上前のことだ。

タニアは表情豊かになっただけでなく、随分と大きくもなった。

タニアが元気に成長しているのはとても嬉しいのだが、こうして抱きついてくれるのももうすぐ終わりかもしれないと思うと、少し寂しい気もする。


そんなことを思っていた約一年後、私は元気な男の子を産んで、寂しい気持ちは霧散した。

大きな産声をあげる小さな赤ちゃんを抱いて、テオ様はぽろりと涙を零した。

タニアとシロもテオ様の腕の中の甥を覗き込んで、嬉しそうに笑った。

私とテオ様は四人の子供に恵まれた。

かつては静まりかえっていたというエデルマン公爵邸は、賑やかな笑い声が絶えない邸となった。

『氷血公爵』という二つ名はいつしか忘れ去られ、『子煩悩公爵』という新たな二つ名があるとかないとか。

エピローグ

「レティ、ここにいたのか」

マナーハウスの庭にあるベンチに座って刺繍をしていた私の隣に、テオ様が座った。

長男に家督を譲ってからは、テオ様と二人でローヴァルに居を移し、のんびり隠居生活を送っている。

「それは……タニアとシロか？」

「はい。可愛いでしょう？」

「そうだな。小さいころのふたりにそっくりだ」

私が刺繍をしていたのは、タニアとシロがお揃いの花冠を頭にのせている図柄だった。

結局私はあまり刺繍の腕は上達しなかったのだが、タニアとシロだけは可愛く描けるのだ。

それもこれも、誰よりも近くでふたりをずっと見ていたからだと思う。


あれは、タニアが十六歳になった年のことだった。

タニアは成長するごとに美しさを増し、その頃には輝く太陽のような美少女になっていた。

社交界デビューはしないことになったのに、本物の妖精姫として知られるようになったタニアには、求婚者たちからの釣書が山のように送られてくるようになってしまった。

「タニアを嫁にほしいなら、俺と一騎打ちして勝つくらいの気概を見せてみろ！」

テオ様がそう公言したことで、送られてくる釣書は激減した。

数が減ったのはよかったのだが、腕に覚えのある若い騎士たちが無謀にもテオ様に決闘を申し込んでくるという結果を招いてしまった。

タニアを嫁に出したくないテオ様は、最初から全く手加減せず全力で若者たちを吹き飛ばし、そのあまりの容赦のなさに『氷血公爵が復活した』と囁かれたくらいだった。

ある意味見世物のような決闘の後、釣書攻撃はようやく収束し、それまでに届いた釣書は全部まとめてテオ様の魔法で灰も残らないくらい跡形もなく燃やされた。

当時はかなり気を揉んだりしたものだが、それも今ではいい思い出だ。

そんなことがあったその年も、私たち家族はいつものようにローヴァルのマナーハウスで夏の時期を過ごしていた。

一番下の子はよちよちと元気に庭を走り回り、上の子たちもボールを使ったりして遊んでいて、木陰に座った私とテオ様は子供たちが随分と大きくなったと微笑ましく眺めていた。

妖精姫の奇跡が起きてから、マナーハウスの庭は四季を問わず常に花が咲き乱れるようになった。

普通なら春に咲く花と、秋の終わりくらいに咲く花が並んで咲き誇る、私とテオ様のお気に入りの庭だ。

タニアがやってきて、庭の花で編んだ花冠を私とテオ様の頭にそれぞれのせてくれた。

「まぁ、ありがとう！　相変わらず上手ね」

「きれいだな。ありがとう、タニア」

礼を言うと、タニアはいつものようにニコニコ笑顔になった。

そして、私とテオ様の額にそれぞれキスをした。

「タニア？」

それまで、タニアがそんなことをしたことはなかった。

なぜ急にこんなことを、という疑問を口にしようとした私たちに、タニアはきれいなカーテシーをした。

「タニア？　どうしたの？」

嫌な予感がして、立ち上がりかけた私の肩をテオ様が抱き寄せた。

「……行ってしまうのか」

タニアははっきりと頷いた。

「行くって……どこに行くの？　王都に戻るの？　カーサ村？　それとも湖？」

過去に現れた妖精姫たちは、一度奇跡を起こすとそのまま姿を消してしまった。

だが、タニアはローヴァルに緑を蘇らせるという奇跡を起こした後、私たちのところに戻ってきてくれた。

これは、きっと私が戻ってきてと言ったからだ、ということはなんとなくわかっていた。

本当は、あの時いなくなるはずだったのに、私のために留まってくれたのだ。

「嫌よ……行かないで、お願いだから」

「レティ。タニアにも、きっと事情があるのだ。そうだろう？」

タニアはまた頷いた。

「でも、テオ様、タニアがいなくなったら、私は」

「レティ、俺が傍にいる。子供たちもだ。寂しくなんかない」

「寂しいに決まっていますわ！　タニアは、私のたった一人の妹なのです！　ずっとずっと、一緒だったのです！」

「だからこそ、今まで傍にいてくれたのだ。だが、其方《そなた》はもうタニアがいなくても大丈夫だ。俺と子供たちがいるのだから」

「でも！」

「タニアは妖精姫だ。人の理《ことわり》で縛ることはできない」

わかっている。わかっているが、離れたくない。行かないでほしい。

「大丈夫だ、タニア。レティはこれからも俺が守り続ける。なにも心配いらない」

笑顔で頷くタニアの姿が、溢れる涙のせいでよく見えない。

この美しい笑顔を、しっかり瞳に焼きつけておきたいのに。

「待って……最後に、抱きしめさせて」

今度はテオ様も私が立ち上がるのを止めなかった。

タニアのすべすべした頬を両手で包み込んだ。

昔は私とそっくりだったのに、今のタニアは私より格段に美しい。

あんなに小さかったのに、いつの間にか私の背を追い越してしまった。

いつかタニアとシロとお別れをしないといけないということは、頭のどこかでわかってはいたが、心の準備などできるはずもなかった。

それでも、これ以上引き止めて、困らせてはいけないのだ。

私は、タニアの姉なのだから。

「タニア……私の妹になってくれてありがとう。傍にいてくれてありがとう。あなたがいたから、私は希望を失わなかった。私が幸せになれたのは、あなたがいてくれたからよ。全部、あなたのおかげなの。愛してるわ……元気でね……」

私がぎゅっと抱きしめると、タニアは私の背中を宥めるようにぽんぽんと叩いた。

「シロも、今までありがとう。あなたには数えきれないくらい助けてもらったわね。あなたがいてくれて、本当によかったわ。大好きよ。タニアと同じくらい愛してるわ……タニアを、お願いね」

シロは尻尾を振って私の涙をぺろぺろと舐めてくれた。

それからタニアとシロは並んで走り出した。

走りながらシロはいつか見た大きな白銀の狼の姿になり、タニアはその背にひらりと飛び乗った。

子供たちと使用人たちが驚きの声をあげる中、笑顔で手を振るタニアを乗せたシロは宙へと駆け上がった。

光の粒を振りまきながら、ふたりはマナーハウスの上で大きな円の軌跡を描き、麦畑の上空へと駆けて蒼穹《そうきゅう》の中に消えていった。

「父上！　母上！　タニア姉様が飛んで行ってしまいました！」

「あれはシロなのですか？　すごくかっこよかった！」

「お母様？　泣いているの？」

駆け寄ってきた子供たちを、私は抱きしめた。

タニアもシロも、この子たちをとても可愛がってくれていた。

「タニアは、妖精の国に帰ったのだ」

テオ様に教えられると、子供たちも泣き出した。

子供たちも、お転婆で優しくていつもニコニコしているタニアと、フワフワで面倒見がいいシロが大好きだったのだ。

その日は、私たちだけでなく使用人たちも全員で泣いた。

私は三日間泣き続けて、テオ様と子供たちに励まされ、やっと前を向くことができるようになった。

タニアが最後にくれた花冠は、どういうわけかずっと枯れることなく、鮮やかさと瑞々しさを保ち続けた。

成長した子供たちは、結婚する際、新郎新婦でその花冠を頭にのせて式を挙げた。

いつしか『妖精姫の花冠』と呼ばれるようになったそれは、エデルマン公爵家を代表する家宝となった。

「あれももう、何十年も前のことだな。俺たちも年をとったものだ」

「ふふ、そうですね。でも、あなたは今も素敵なままだわ」

テオ様の鳶色の髪は白髪交じりになり、目尻は皺がある。

美貌の公爵閣下は、年をとって渋い元公爵閣下になったが、今でも人目を惹く美しさは変わらない。

私に向けられる紅玉と蒼穹《そうきゅう》の瞳に溢れる愛情は、今も年々深くなっていっている。

「其方《そなた》も、昔と同じで美しいままだ。其方《そなた》に横恋慕する若い男が現れやしないかと、俺はいつまでも気が抜けない」

「あらあら、心配性だこと。そんなところも昔のままね」

私のハニーブロンドも白髪が随分多く交ざるようになった。

手にも顔にもそれなりに皺がある。

もうすぐ成人する孫までいる。

おばあちゃんになった私も、テオ様のことを愛する気持ちは増える一方だ。

刺繍を脇に置いて、テオ様の肩に頭を乗せた。

花が咲き乱れる庭を爽やかな風が吹き抜けていく。

隠居した老夫婦に相応しい、穏やかな昼下がりだった。

だが、門の方から複数の馬蹄の音が響いてきて、私たちを包んでいた静寂はかき消された。

「もう到着したのか。年々早くなるな」

「相変わらず、皆元気ね」

門の方に目を向けると、馬に乗った数人の少年少女がどやどやと駆け込んでくるところだった。

王都から毎年この時期に訪ねてくる孫たちだ。

今年も馬で競争をしてきたようだ。

これは恒例行事のようなもので、孫たちが成長するに従い、馬を駆るのも速くなり、到着時間も年々早くなっていっている。

女の子も兄弟と同じように馬に跨り、体重が軽い方が有利だとか言いながら巧みに馬を操る。

誰に似たのか、私の孫娘たちは全員お転婆なのだ。

「やった！　今年は私が一番よ！」

私より濃い色のブロンドを靡かせて、孫娘の一人が喜びの声をあげた。

少し遅れて到着した他の孫たちは悔しそうに騒いでいる。

「あの子たちも、タニアがくれた妖精姫の奇跡だな。タニアがいなかったら、あの子たちはこの世に生まれることはなかった」

「そうね……タニアがくれた奇跡はまだまだ続いてるのね」

男嫌いだった私と、女嫌いだったテオ様が結ばれ、幸せな家庭を築くことができた。

タニアがいたおかげで、私とテオ様は出会うことができた。

これも妖精姫の奇跡と言っても過言ではないはずだ。

「おじい様！　おばあ様！　お久しぶりです！」

長時間馬に乗っていただろうに、疲れた様子も見せずに走ってくる孫たちを迎えるため、私はテオ様に手を取られて立ち上がった。

今年も賑やかな夏が始まる。

この作品に対する皆様のご意見・ご感想をお待ちしております。
おハガキ・お手紙は以下の宛先にお送りください。

【宛先】
〒 150-6019 東京都渋谷区恵比寿 4-20-3 恵比寿ｶﾞｰﾃﾞﾝﾌﾟﾚｲｽﾀﾜｰ 19F
（株）アルファポリス　書籍感想係

メールフォームでのご意見・ご感想は右のＱＲコードから、
あるいは以下のワードで検索をかけてください。

アルファポリス　書籍の感想　検索

ご感想はこちらから

本書は､｢アルファポリス｣（https://www.alphapolis.co.jp/）に掲載されていたものを、
改題、改稿、加筆のうえ、書籍化したものです。

身売《みう》りした薄幸令嬢《はっこうれいじょう》は氷血公爵《ひょうけつこうしゃく》に溺愛《できあい》される

鈴木かなえ（すずき かなえ）

2025年 1月 31日初版発行

編集－徳井文香・森 順子
編集長－倉持真理
発行者－梶本雄介
発行所－株式会社アルファポリス
〒150-6019 東京都渋谷区恵比寿4-20-3 恵比寿ｶﾞｰﾃﾞﾝﾌﾟﾚｲｽﾀﾜｰ19F
TEL 03-6277-1601（営業） 03-6277-1602（編集）
URL https://www.alphapolis.co.jp/
発売元－株式会社星雲社（共同出版社・流通責任出版社）
〒112-0005 東京都文京区水道1-3-30
TEL 03-3868-3275
装丁イラスト－コトハ
装丁デザイン－AFTERGLOW
（レーベルフォーマットデザイン―團 夢見（imagejack））
印刷－中央精版印刷株式会社

価格はカバーに表示されてあります。
落丁乱丁の場合はアルファポリスまでご連絡ください。
送料は小社負担でお取り替えします。

ISBN978-4-434-35148-8 C0093